恋爱是一种罪恶，虽然你早已爱上我。

草枕

くさまくら

夏目漱石

刘子倩——译

江苏凤凰文艺出版社
JIANGSU PHOENIX LITERATURE AND ART PUBLISHING, LTD

行旅在外，结草为枕。

只盼能在非人情的天地里逍遥片刻。

冨嶽三十六景 青山圓座松

冨嶽三十六景 相州梅澤左

过于理智会与人起冲突。
感情用事则无法控制自我。
坚持己见易钻牛角尖。
总之人世难以安居。

难以安居到了某种程度，
就想搬去容易居住的地方。
醒悟无论搬去何处都不易生存时，
便产生了诗词，出现了绘画。

难以安居的人世既然无法迁离，
则无论多么难以安居，
都得秉持宽容，
让短暂的生命在短暂的岁月过得更好。

冨嶽三十六景
凱風快晴

从难以安居的人世，抽离无法安居的烦扰，

在眼前摹写美好世界的是诗词，是绘画。也有时是音乐与雕刻。

喜悦深时愁亦深，欢乐多则苦亦多。

猫忘记捕鼠，人也忘记债务。

有时甚至忘记自己的灵魂所在，失了正形。

我们瞻前顾后，渴求虚无憧憬。

虽是衷心的笑，却也蕴含痛苦。

在最美妙的歌曲中，倾诉最悲伤的思绪。

春风伴惟然，唯闻串串马铃声。

夕阳掠过树梢，微微染红松干。

山白竹益发青翠。

富嶽三十六景
駿州江尻

目录

第一章

草枕①

一

走在山路上，我在想。

过于理智会与人起冲突。感情用事则无法控制自我。坚持己见易钻牛角尖。总之人世难以安居。

难以安居到了某种程度，就想搬去容易居住的地方。醒悟无论搬去何处都不易生存时，便产生了诗词，出现了绘画。

创造人世的不是神也不是鬼。是同样在邻里之间四处走动的普通人。普通人创造的人世难以安居，却也没有别处可搬迁。如果真有也只能去非人之地。非人之地恐怕比人世更难安居。

难以安居的人世既然无法迁离，则无论多么难以安居，都得秉持宽容，让短暂的生命在短暂的岁月过得更好。于是出现了诗人这种天职，降临了画家这种使命。各种艺术家令人世安详和谐，丰富人们的心灵，因此显得可贵。

---

① 枕，本意是行旅在外，结草为枕。因此引申为旅途本身或旅途中的僻静落脚处。

从难以安居的人世，抽离无法安居的烦扰，在眼前摹写美好世界的是诗词，是绘画，也有时是音乐与雕刻。进一步来说，不摹写也无所谓。只要近距离观察，便会产生诗词，涌现歌赋。纵使未将构思写在纸上，内心也会产生琳琅铿锵的美音。即使不对着画架挥洒丹青，自有五彩绚烂映现心眼。只要如此观察世间，将人情浇薄的浊世，清新亮丽地收入灵台方寸的相机之中便已足够。因此即便无声的诗人没有诗句，无色的画家没有画布，在观照人世，解脱烦恼，得以出入清净世界，建立唯一绝对的乾坤，扫荡自我私欲羁绊的这些方方面面——远比千金之子、万乘之君乃至各种俗世的宠儿更幸福。

在人世生活二十年，方知是值得定居的世间。生活二十五年后，才醒悟明暗一如表里，有光之处必有影。到了三十岁的今天，我是这么想的。喜悦深时愁亦深，欢乐多则苦亦多。如果断然割舍则个体无法生存。若要彻底划清界限则世界无法成立。金钱固然重要，但重要的东西日渐增多，恐怕睡觉都不安心。恋爱令人喜悦，然喜悦的恋爱经验太多，或许反而会怀念没谈过恋爱的往昔。贵为内阁大臣者肩扛数百万人生计，背负沉重的家国天下。美食不吃可惜，只吃一点不够饱，吃撑了又不舒服……

浮想至此，我的右脚突然踩到不稳的方形石头边缘一脚踩空。为了保持平衡往前冲出的左脚力挽狂澜的同时，整个人也正好跌坐在一米见方的岩石上。幸好只有挂在肩上的画具箱从腋下弹出来，人倒是毫发无伤。

起身时往对面一看，道路左边耸立着宛如倒扣水桶的山峰。不知是杉树还是桧树簇拥着整座山一片苍黑，其中又有浅粉色的山樱花层层拖曳，雾蒙蒙的看不清分界线。略前方有一座秃山，离群独立迫近眉睫。光秃秃的侧面仿佛被巨人的斧头削去，尖锐的平面延伸至谷底。山顶那唯一的一棵树大概是赤松。连枝干之间的天空也清晰可见。前方大约二百多米之外就没路了，但是看红毯[①]自高处移动而来，如果走上去应该会抵达那里。山路崎岖难行。

地面只是把泥土推平没怎么费事整理，但土里有大石头。就算把土推平，石头也推不平。就算可以把石头凿碎，岩块也无法解决。它在挖开的土上悠然对峙，丝毫没有为我们让路的迹象。既然对方不肯让路，那就只能翻越过去或是绕路。但就连没有岩石的地方也不好走。路面两端高起，中心凹陷，简直堪称把不足两米宽的地方挖成三角形，顶点贯穿中央。

① 指裹着红毯当披肩的行人。

不像走路毋宁说是跋涉河底。我这趟旅行本就不急着赶路，索性悠悠晃晃走向那迂回曲折的七曲路。

脚下顿时响起云雀啁啾。我俯瞰山谷，云雀不知在哪儿鸣叫，压根不见踪影。唯有声音清越传来。声音匆促，不绝于耳。方圆数里的空气仿佛被跳蚤叮咬令人坐立难安。鸟鸣没有片刻停顿，似要啼尽悠长的春光，从日出，至日暮，非得终日叫个不休才甘心。而且声音一路向上攀升，直上云霄。云雀肯定会在云中死去。飞到最后，或许它会顺势进入云中，就此飘飘荡荡消失无形，只剩啼声萦绕天空深处。

岩角尖锐地转折，若是盲人此刻恐怕已倒栽葱掉下去，我惊险地闪到右侧，从旁探头向下望，只见下方是整片油菜花田。我在想，云雀是否会坠落那里。不，应该会从那金色草原飞起吧。接着又想，坠落的云雀与飞起的云雀会呈十字形交错[1]吗？最后我想，无论是坠落时，飞起时，乃至十字形交错而过时，云雀大概都会精神抖擞叫个不停。

漫漫春日正好眠。猫忘记捕鼠，人也忘记债务。有时甚至忘记自己的灵魂所在，失了正形。唯有远眺油菜花时格外清醒。唯有听到云雀叫声时灵魂格外明晰。云雀啼叫

① 向井去来（1651–1704），写过“云雀婉转十字飞”这么一句诗。

不是用嘴巴，是用全副心魂啼叫。在所有透过声音展现灵魂的活动中云雀的声音最有活力。啊，真愉快。会这么想，会如此愉快，就已是诗。

我顿时想起雪莱歌咏云雀的诗[1]，在口中试着念诵还记得的段落。但我只记得两三句。那两三句是这样的：

We look before and after,

And pine for what is not;

Our sincerest laughter,

With some pain is fraught;

Our sweetest songs are those that tell of saddest thought.

"我们瞻前顾后，渴求虚无憧憬。虽是衷心的笑，却也蕴含痛苦。在最美妙的歌曲中，倾诉最悲伤的思绪。"

的确，纵然诗人如何幸福，也不可能像云雀一样用尽全力，一心不乱，忘却其他，尽情歌咏自己的喜悦。西洋诗自不待言，

---

① 雪莱（Percy Bysshe Shelley，1792–1822），英国浪漫主义的代表诗人。《致云雀》这首诗是雪莱的代表作。文中诗句摘自二十一章第十八节，诗人歌颂云雀的自由奔放，借以对照地上人们的宿命。

中国诗也经常出现“万斛愁”这种字眼。因为是诗人所以才有万斛，若是普通人或许一合[1]足矣。如此看来诗人比普通人更是劳碌命，神经或许比凡夫俗子加倍敏锐。或也有超凡的喜悦，但想必亦有无量的悲愁。如此看来要当诗人也值得商榷。

走了一会，路面变得平坦，右边是满山杂树，左边是成片油菜花田。脚下不时踩到蒲公英。锯齿形的叶片肆无忌惮朝四方伸展，拥护中央的黄色花球。我的注意力都放在油菜花上，不慎踩到蒲公英后，感到很抱歉，扭头一看，黄色花球依然坐镇在锯齿之中。还真潇洒。我又继续思考。

或许诗人总有忧愁伴随，但只要有心聆听云雀啁啾，便丝毫不觉痛苦。即便只是看看油菜花，也只有满心喜悦。蒲公英亦然，樱花也——樱花不知几时已无影无踪。如此来到山中接触自然景物，所见所闻皆有意趣。正因有趣所以不觉辛苦。即便会觉得辛苦顶多也只是两脚酸痛，以及吃不到美食而已吧。

然则为何不觉辛苦？因为只把这景色当作一幅画观赏，当作一卷诗阅读。既然是诗是画，自然不会想买块地来开垦，也不打算铺设铁路借此大捞一笔。只有这片景色——这片

① 一斛约 180 升。一合约 0.18 升。

无法果腹也无法贴补月薪的景色，唯有作为风景才能令我心旷神怡，所以没有伴随辛苦与烦恼吧。大自然的力量此时显得无比尊贵。瞬间陶冶吾人性情，令人陶然进入醇美诗境的，正是大自然。

爱情想必美好，孝心想必感人，忠君爱国想必也是好事。但自己如果成为局中人被卷入利害得失的旋风，就算那是美事，是好事，恐怕也会头晕目眩。因此，身在局中的自己并不明白何处有诗。

要明白这个，就得站在有余裕去理解的第三者立场。唯有站在第三者的旁观立场，看戏才会有趣，看小说才会有趣。看戏看得津津有味的人，看小说看得津津有味的人，会把自己的利害得失抛诸脑后。唯有在看戏读书时是诗人。

即便如此，一般戏剧与小说也脱离不了人情义理。有痛苦，有气愤，有吵闹，有哭泣。观者也在不知不觉中被同化，跟着一起痛苦，气愤，吵闹，哭泣。或许有不掺杂利欲这个优点，但正因没有掺杂利欲，其他的情绪恐怕会比正常情况下更活跃。那非我所愿。

痛苦、气愤、吵闹、哭泣是人生在世必然伴随的产物。我也那样过了三十年，早已厌倦。厌倦之下若还得被戏剧与小说重复同样的刺激可就糟了。我想要的不是那种会刺激世俗人情的诗。是放下俗念，哪怕只是片刻，也能使人远离红尘的诗。即便在杰作当中，恐怕也找不到完全脱离人情的戏剧，断绝是非的小说。无法脱离世间正是他们的特色。尤其是西洋诗，人情义理就是根本，饶是所谓的纯粹诗歌也不可能超脱这个境界。永远只是用同情或爱情啦正义啦还有自由这类俗世商店陈列的产物来处理。即使充满诗意也得在地面奔走，没有片刻忘记计算金钱。也难怪雪莱听到云雀啼叫会叹息。

可喜的是，东方的诗摆脱了那个问题。“采菊东篱下，悠然见南山。”这么短短几个字便描写出令人全然忘怀苦闷俗世的情景。篱笆那头没有邻家女孩的倩影若隐若现，也没有好友任职南山。仿佛可以超然脱俗地流走利害得失的汗水。“独坐幽篁里，弹琴复长啸，深林人不知，明月来相照。”短短二十字便轻易建立另一个天地。这个天地的功德不是《不如归》[①]或《金色夜叉》[②]的功德。是当你被舟车劳顿、权利、义务、道德、礼义搞得身心俱疲之后，可以让你忘却一切安然入睡的功德。

倘若二十世纪需要安眠，则这种脱俗的诗意在二十世

---

① 《不如归》，德富芦花的小说，描写家庭纠葛。一八九八年开始于报纸连载，风靡一时。

② 《金色夜叉》，尾崎红叶的小说，描写爱欲与金钱的贪欲。一八九七～一九〇二年于报纸连载，为明治时代的畅销名作。

纪相当重要。可惜如今写诗的人和读诗的人都一味崇洋，好像无人刻意驾着一叶扁舟追寻这个世外桃源。我本来就不是以诗人为业，所以并不打算在当今社会推广王维与陶渊明的境界。我只是觉得，这种感性比戏剧表演或舞会更有疗效，比浮士德或哈姆雷特更可贵。所以此刻我才会这样独自扛着画具箱和小折叠椅缓缓走过春日山径。我想直接从大自然中吸收陶渊明与王维的诗境，只盼能在非人情[①]的天地逍遥片刻。这也是一种痴狂。

当然，身为人类的一分子，饶是再怎么喜欢非人情的境界，也不可能持续太久。陶渊明不可能一年到头都在凝视南山，王维想必也不是喜欢在竹林中不挂蚊帐睡觉的男人。多余的菊花恐怕还是会卖给花贩，长出的笋子也会转售给菜贩。我自己亦复如此。再怎么喜欢云雀与油菜花，也没有非人情到露宿深山的地步。况且即便在这荒郊野外，也不是真的毫无人烟。沿路还是会遇到把衣摆撩起土气地掖在腰间包裹头巾的人，穿红衬裙的乡野村妇，有时甚至会遇上面孔比人还长的马。即使被百万棵桧树环绕，呼吸海拔几百米的空气，也难以消除那股人烟味儿。不仅如此，越过山岭下山后，今

---

① 非人情是指超越世俗人情与道德的美的境界。这是当时漱石理想中的艺术观，具体化的成果就是本书。

晚的落脚之处就是那古井的温泉旅馆。[①]

不过，事情全看你怎么想。据说达·芬奇曾告诉弟子，不妨倾听那钟声，虽只是一口钟，钟声却随个人心境听来各有不同。我们对于一个男人，一个女人，也会随着看待的角度不同而有不同判断。反正我这趟出门是非人情之旅，抱着那种心态去看人，想必会与平日蜗居尘世小巷的陋室时截然不同。好吧，就算无法完全脱离人情，至少观赏能乐时应可保持淡泊心态。其实能乐亦有人情义理。无论是《七骑落》[②]或《墨田川》[③]的戏码，都无法保证看了不会哭。但那是所谓“三分情七分戏”的成果。我们从能乐享受到的感动，并非因世俗人情原封不动搬上舞台而来。是因为在那原封不动之上裹上层层艺术的外衣，做出了世间不可能会有的悠长动作。

何不暂时将这旅程中发生的事与旅途中邂逅的人，视为能乐的情节与演员的表演？我们不可能彻底抛弃世俗人情，但这趟旅程在根本上是诗意的，所以在非人情的同时，我也希望顺便尽量克制俭约，以求达到那种境界。那当然和南山

---

① 虚拟地名，漱石以他曾游览过的熊本县玉名郡天水町的小天温泉为蓝本。

② 《七骑落》，作者不详的谣曲。描写土肥次郎实平与儿子远平的亲情。

③ 《墨田川》，又名《隅田川》。观世元雅创作的谣曲。描写母亲痛失子女成狂的故事。

与幽篁的性质不同，也无法与云雀、油菜花一概而论，但我想尽量接近原点，尽可能以同样的观点去看待他人。芭蕉这位仁兄就连马在枕畔撒尿都可视为风雅之事咏出俳句。今后我遇到的人物——农民、市井商人、村公所的书记、老先生、老太太——就假定为点缀大自然这幅画的景物来处理吧。不过和画中人物不同的是，他们想必各有各的做法。但是倘若像普通小说家一样探究他们那些做法的根源，深入到心理作用去议论人事纠葛未免流于世俗。他们动来动去也没关系。只要当成是画中人在动就无妨。反正画中人不管怎么动都不可能跑到平面之外。唯有当他们企图跳出平面之外发挥立体功效，才会与我们冲突，产生利害交涉造成麻烦。麻烦越大当然越不可能以美的观点看待。对于今后遇见的人，我要抱着超然俯视的旁观心态，避免双方随意产生人情的交流。这样的话，纵使对方再怎么努力也不可能轻易闯入我的心扉，换言之，那和站在画前旁观画中人在画面上四处叫嚣奔走是同样的道理。只要拉开一两米的距离便可从容观看。不会看得提心吊胆。换句话说，因为不用担心利害得失，所以可以站在艺术的角度全力观察他们的动作，可以心无旁骛地鉴赏美丑良劣。

当我如此下定决心时，天空开始阴霾。才刚看见欲走还留的乌云笼罩头上，不知几时天气已变坏，四面八方仿佛成了一片云海，随即下起绵绵春雨。我早已走过油菜花田，如今走在两山之间，但雨丝细密如雾，所以不确定间隔多远。不时有风吹来，吹走高高的云层时，右手边可以看见微黑的山脊。似乎隔着一座山谷的彼方就是山脉起伏之处。左边就是山脚。雨幕深处不时可见貌似松树之物忽隐忽现。才见它出现，旋即又消失。不知是雨在动，树在动，还是梦在动，有种不可思议的奇妙心境。

这时路面变得意外宽敞，而且平坦，走起来倒是毫不费劲，但我没带雨具只好匆匆赶路。帽子开始滴滴答答垂落雨水时，十几米外传来马铃声，黑暗中，倏然出现一名马夫。

“这一带没有歇脚的地方吗？”

“再走一两公里就有茶屋。您浑身都淋湿了呢。”

还有一两公里吗？当我转过身时，马夫的身影已如剪影没入雨中，再次倏然消失。

看似米糠的雨滴逐渐变得又粗又长，如今化为雨丝被风卷起的模样映入眼帘。我的外套早已湿透，渗入内衣的雨水因体温显得温热。感觉很不舒服，于是我把帽子往下拉，大步向前走。

无数条银箭斜划过的朦胧淡墨色世界之中，只有湿淋淋埋头向前走的我。若将自己的身影当成他人，便可成诗，也可吟咏俳句。当我彻底忘记真实的自我，纯粹以客观角度看待时，自己这才成为画中人，与大自然的景物保持美好的和谐。但在下雨下得心烦，只顾着注意双脚疲惫的瞬间，我已非诗中人，已非画里人。我依然只是一介市井小儿。云烟飞动之趣无法入我眼，落花啼鸟之情无法动我心。更无法理解萧瑟独行春山路的我，看起来有多么美。起初我拉低帽子步行，后来我只是盯着脚背走路，最后我缩头缩脑，战战兢兢地行走。大雨晃动满目树梢自四面八方逼迫天涯孤客。非人情好像有点太过了。

二

“喂！”我喊道，但无人回应。

我从檐下探头朝里望，只见熏黑的纸拉门遮断视线。看不见屋内情形。五六双草鞋寂寞地吊在屋檐下，百无聊赖地晃来晃去。底下并排放着三个零食盒子，一旁散落着五厘铜板与文久钱[①]。

“喂！”我又喊了一声。门内脱鞋口的角落放着石臼，蹲在上面的圆滚滚的鸡被我惊醒，开始咯咯乱叫。屋外的土灶被刚才那场大雨淋湿，已半是变色，上面坐着漆黑的茶壶，但我不知那是陶土茶壶还是银制茶壶。幸好下面烧着火。

无人回应，于是我自行进门，找了折叠椅坐下。鸡拍翅从石臼跳下。这次又跳上榻榻米。如果不把纸门关紧，它搞不好还想一路逃到里屋。公鸡粗声喔喔啼，母鸡细声咯咯叫。似乎把我当成了狐狸或狗。另一张折叠椅上置放着约有一升装木盒那么大的烟草盒，里面盘旋的线香，仿佛不知日影西斜，

---

① 文久钱，流通于幕府末期的钱币，币值为四文，相当于一点五厘。一厘为千分之一圆。

非常悠长地冒出青烟。雨渐渐停了。

过了一会，里屋传来脚步声，熏黑的纸门倏然开启。一个老太太从里面走出。

我早就料到迟早会有人出来。炉灶还生着火，零食盒子旁散落着零钱，线香冉冉冒烟，反正一定会有人出来。但是对方任由大门敞着似乎也不以为意，这点倒是和都市略有不同。没人回应就自行进门坐在折叠椅兀自等候，也是二十世纪难以想象的情景。这些都是非人情且有趣的。而且我很喜欢这位老太太的长相。

两三年前我在能乐宝生流派的舞台观赏过《高砂》[①]。当时我觉得那是美丽的活人画[②]。扛扫帚的老翁沿着悬桥[③]走了五六步，缓缓转身向后，与老妪面对面[④]。那种面对面的姿势历历如在眼前。从我的座位几乎可以正面看见老妪的脸孔，所以当我感到"啊，好美"时，那个表情已倏然按下快门烙

① 《高砂》，世阿弥的作品。以高砂的松树（老妪）与住吉的松树（老翁）相伴相生比喻夫妻恩爱与长寿，因此成为婚宴吟唱的祝贺谣曲代表作。

② 活人画（tableau vivant），打扮成历史人物，像画中人物那样静止不动。是聚会的余兴节目。

③ 悬桥，能剧舞台上，连接舞台与后台供演员通行的走道。因有栏杆形似桥梁故称为悬桥。

④ 漱石的记忆有误，在《高砂》中，应是扛扫帚的老妪走在悬桥上转身，与扛耙子的老翁面对面。

印在我心上。茶店阿婆的脸孔就仿佛是将当时那张照片赋予血肉般相似。

“阿婆，借您这里坐一下。”

“好，真不好意思，我压根没发现您。”

“雨下得好大。”

“天气不好，想必很困扰吧！哎哟，您浑身都湿了。我现在就生火替您烘干吧。”

“只要给炉子再添点柴火烧旺一点，我就能边烤火边烘干了。一坐下来好像有点冷。”

“好，我现在就去添加柴火。您先喝杯茶。”

她一边起身，一边嘘了两声把鸡赶走。咕咕叫着跑开的鸡夫妇，从焦茶色的榻榻米踩过零食盒子冲向门外路上。公鸡逃跑时还在零食上拉了一泡屎。

“请用。”阿婆不知几时用中央凹陷的托盘端着茶杯出来。褐色的焦黑底层，随意烙印三朵一笔画的梅花。

“请吃点心。”这次阿婆端来的是被鸡踩过的芝麻麻花和糯米条。我打量了一下有没有哪里沾到鸡屎，幸好鸡屎都留在盒中。

阿婆在背心外绑着细带子方便做事，蹲在炉灶前。我从怀里取出写生簿，一边速写阿婆的侧脸，一边朝她搭话。

“这里挺清幽的真不错。”

“是啊，如您所见是山里嘛。”

“有黄莺叫吗？”

“有，天天叫。这里连夏天也会叫。”

“那我倒想听听看。听不见时反而更想听。”

“今天真不巧——刚才那场大雨让黄莺不知躲到哪去了。”

就在这时，炉灶内响起噼里啪啦的声音，朱红的火舌倏然掀起风，伸长三十厘米有余。

“来，暖暖身子。一定很冷吧。”她说。我朝檐角看去，青烟撞上屋檐后变形散开，还有些微痕迹萦绕檐下。

“啊，真舒服，托您的福总算又活过来了。”

“正好雨也停了。您瞧，可以看见天狗岩了。”

山岚不耐烦地吹过逡巡不定的阴霾春日天空，狠狠扫过前方那座山的一角后，毫不留恋地彻底放晴，在阿婆指的方向，峥嵘耸立如大刀阔斧削成的柱子据说就是天狗岩。

我先眺望天狗岩，接着打量阿婆，第三次则是来回比对二者。身为画家，浮现在我脑海的老太婆只有《高砂》老妪，以及芦雪[1]笔下的老妖婆。当初观赏芦雪的画作时，我感觉画

① 长泽芦雪（1754–1799），江户中期画家。以严岛神社的《山姥图》著称。山姥是传说中住在深山里会吃人的老妖婆。

面中的老太婆很恐怖，我认为应该将她放在红叶之中或冷月之下才对。到了观赏宝生流派的别会能[①]时，我惊讶地发现原来老太婆也能够有如此温柔的表情。那个面具八成是名匠雕刻的作品。可惜我忘了打听作者的名字，但老人被这么一呈现，原来也可以看起来丰富、安稳、温暖。那是无论搭配金屏风、春风，或樱花都不逊色的道具。比起天狗岩，我认为这个挺直腰杆，手遮在眼睛上方指向远方，穿背心的阿婆，才是最适合春日山路的景物。我拿起写生簿，才刚要请她暂时别动，阿婆已换了姿势。

我只好无所事事地把写生簿对着炉火烘干，一边问道：

“阿婆，您看起来很硬朗。”

“是啊。幸好还算健康——拿得了针，也搓得了苎麻，磨得了糯米粉。”

我很想让这个阿婆用石臼磨粉给我看，但我开不了那个口。

“从这里到那古井不到四公里吧？”我改问别的。

“是。大约三公里，您是要去泡温泉……”

“如果客人不多，我打算稍作停留，不过当然也要看届

① 别会能，相较于定期举办的每月例行表演，春秋时才举办的临时能乐会。

时有无兴致。”

“甭担心，自从开始打仗后，几乎都没客人去。简直就像关闭了。”

“真奇怪。那大概也不会让我住吧？”

“不，只要拜托一下，随时都能住。”

“那里只有一家旅馆？”

“对，只要向人家打听志保田先生，马上就能找到。那是村子的有钱人，也不知算是他的温泉疗养馆还是养老场所。”

“那就难怪没客人上门也不在乎了。”

“您是第一次去？”

“不，很久以前也曾去过一下。”

对话暂时打住。我翻开簿子静静速写刚才出现的鸡，静下来的耳底又响起喀唧喀唧的马铃声。这个声音自动打着拍子在脑海形成一种调子。仿佛在昏睡中，被身旁的石臼声引入梦乡。我不再替鸡写生，在同一页的角落试着写下诗句。

春风伴惟然[①]，唯闻串串马铃声。

---

① 广濑惟然（?–1711），江户前期俳人。芭蕉的门人，芭蕉过世后，吟诵着芭蕉的俳句周游诸国。

从我登山至今，沿路已遇见五六匹马。那五六匹马的身上都罩着布，缀有铃铛响个不停。怎么看也不像现世的马。

之后，马夫悠扬的歌声划破春日深处空山一路的迷梦。在哀怜的底层蕴藏轻快的味道，不管怎么想都是如诗如画的声音。

绵绵春雨中，马夫歌吟越铃鹿[1]。

这次我是歪着写，一写之下，才发现这并非自己想出来的诗句。

“又有人来啰。”阿婆半是自言自语地说。

这是唯一一条春日山径，人们似乎来去都会途经此地。之前路上那五六匹马喀啷喀啷的铃铛声，八成也是在阿婆内心想着“又有人来啰”之际，就这么下山或上山吧。旅途寂寞贯穿古今春天，在这若厌山花简直遍地无处落脚的小山村，阿婆想必从多年前便数尽喀啷喀啷的马铃声，直至今日白发苍苍。

---

① 正冈子规写过一句“绵绵春雨中，马夫歌吟登铃鹿”。

马夫歌悠扬，白发苍苍染暮春。

我继续写到下一页，此句无法道尽自己的感想，应该还可以写得更用心才是，于是我盯着铅笔的笔尖思索。我努力试图在诗句中放入白发这个字眼，放入历代之曲这个句子，也放入马夫歌谣这个题目，再加上时值春季的描绘，正当我思索该如何将他们统合成十七字的俳句之际，“嗨，午安！”真正的马夫在店前驻足大声喊道。

“哟，这不是阿源吗？你又要进城？”

“有什么要买的，我可以帮大婶一起买。”

“这样啊，那你如果经过锻冶町，替我女儿拿一枚灵严寺的护身符。”

“好，我会去拿。一张就好吗——阿秋嫁到好人家可真幸福。是吧，大婶？”

“幸好如今衣食无忧。或许算是幸福吧。”

“当然幸福。不信你和那古井的小姐比比看。”

“那位小姐的确可怜。人长得那么美。最近她的状况可有稍微好转？”

“没有，还是老样子。”

“伤脑筋。”阿婆说着长叹一口气。

“伤脑筋啊。”阿源抚摸马鼻。

枝繁叶茂的山樱树叶及花朵上，栖息着自长空坠落的雨滴，却被此时吹过的春风绊住脚，再也站不住，纷纷自暂居处滚落。马吃了一惊，上下甩动长长的鬃毛。

“嘘——！”阿源呵斥马儿的声音，伴随喀啷喀啷的铃铛声打破我的冥想。

“阿源，小姐出嫁时的模样，至今还在我眼前徘徊不去呢。她穿着下摆有花的宽袖和服，梳着岛田髻，骑着马……”阿婆说。

“是啊，不是坐船。是骑马。同样是在这里歇脚，对吧，大婶？”

“对，小姐的马停在那棵樱树下时，樱花纷纷飘落，小姐特地梳好的岛田髻零星沾上了斑驳花瓣。”

我又打开写生簿。这种景色可以入画，也可以成诗。在我心中浮现新娘子的身影，我试着想象当时的情景，得意地写下一句：

花季好年华，骑马越岭出嫁去。

不可思议的是，衣裳、头发、马匹与樱花都清晰地映入眼帘，唯独新嫁娘的脸孔，怎么想就是想不出来。我绞尽脑汁思考了一会各种脸孔，忽然冒出米莱斯[①]画的奥菲莉亚那张脸孔，妥帖地镶嵌在岛田发髻下。这样不行我立刻把好不容易完成的画面抹去。衣裳、头发、马匹和樱花一瞬间都从我心上撤退得干干净净，唯有奥菲莉亚双手合十漂浮水面的身影，仍朦胧留在心底，仿佛用棕榈扫帚去扫除烟雾，依旧模糊不清。又好似在天际拖曳而去的彗星，心情很奇妙。

“那我走了，告辞。”阿源道别。

“回程记得再来坐坐。不巧碰上雨天，七曲路一定很难走。”

“对，是有点麻烦。”阿源迈步走出。阿源的马也迈步走出。喀啷喀啷。

“他是那古井的人吗？”我问。

“是的，他是那古井的源兵卫。”

“那个人曾让哪家的新娘子坐着马翻越山岭吗？”

“当初志保田家的小姐嫁入城里时，就是源兵卫让小姐坐在青马上，自己牵着马过。日子过得很快，一转眼至今已

---

① 米莱斯（John Everett Millais，1829–1896），英国画家。代表作为《奥菲莉亚》，描绘莎士比亚作品《哈姆雷特》的女主角奥菲莉亚自杀后随水漂流的场景。

有五年了。”

唯有揽镜自照时才感叹自己竟已白头的人算是很幸运。屈指计算流年，方能理解五年光阴迅如转轮的阿婆，作为一个凡人已快成仙了吧。于是我回答：

“那她当时一定很漂亮吧？早知道应该来看热闹。”

“哈哈哈，现在也看得到喔。只要去温泉馆，她必然会出面向您打招呼。”

“噢？她现在待在娘家吗？要是她还穿着下摆有花的宽袖和服梳着岛田髻就好了。”

“您不妨拜托看看。她应该会穿给您看。”

我心想怎么可能，但阿婆的神色意外认真。非人情之旅就该有这种插曲才有意思。阿婆接着说：

“小姐与长良姑娘非常相似。”

“您是说长相吗？”

“不。我是指遭遇。”

“噢？那个长良姑娘是什么人？”

“据说以前这个村子的长老有个美丽的女儿，人们称之为长良姑娘。”

“噢。”

“您知道吗，没想到有两个男人同时爱上那个姑娘哪。”

"原来如此。"

"该选那个佐佐田，还是该选这个佐佐部，姑娘成天苦恼不已，拿不定主意该选哪一个，最后，她咏出一首短歌：

秋日来时，吾亦如芒草上的露珠，缥缈消逝。

然后她就纵身跳进河中了。"

我做梦也没想到，来到这种荒山野地，竟能从这样粗鄙的老太婆口中，听到用如此典雅的遣词叙述如此典雅的故事。

"接下来往东边走下五百米，就会看到路旁有座祭祀她的五轮塔。您不妨顺便去参观一下长良姑娘的墓冢。"

我暗自下定决心一定要去看。阿婆又继续说道：

"那古井的小姐也是被两个男人追求。一个是小姐去京都学习时认识的，另一个是本地城内首屈一指的财主。"

"噢，小姐喜欢哪一个呢？"

"她自己是希望嫁给京都的那位，其中想必也有她的种种理由，但是父母硬将她许配给了另一个……"

"可喜可贺，这下子不用投水自杀了。"

"问题是——对方也是看上她的美貌才会娶她，所以当初或许很宠爱她，但她本就是被迫嫁给对方，因此夫妻感情一直不好，亲戚们好像也很担心。结果这次的战争，令她丈夫任职的银行倒闭了。后来小姐又回到那古井的娘家。大家都批评小姐不通人情或薄情寡义。她本来是非常内向温柔的人，最近脾气却变得很坏，源兵卫每次过来都说非常担心她……”

如果继续听下去，好好的雅趣也会被破坏。仿佛自己好不容易正要成仙飞升而去，却有人出现催着归还飞天羽衣。我冒险跋涉七曲路，总算来到此地，如果这时被硬生生拉下红尘俗世，未免失去当初飘然离家的意义。闲话家常深入到一定的程度后，俗世的臭味就会渗入毛细孔，沾染污垢的身体变得笨重。

“阿婆，去那古井只有一条路吧？”我朝折叠椅上丢了一枚一毛钱银币后站起来。

“从长良姑娘的五轮塔往右边走下去，有条六百米长的捷径。路不太好走，不过应该比较适合年轻人吧。——谢谢您给了这么多茶水钱，路上小心。”

三

昨晚感觉很古怪。

抵达旅馆已是晚间八点左右，所以房子的格局、院子的布置自然不消说，我连东西南北都分不清。只记得沿着回廊不断被人带着拐来拐去走路，最后进了一间约十平方米大的小房间。和我上次来时大不相同。吃完晚餐，洗过澡，回房间喝茶时，女服务生来替我铺床。

我觉得不可思议的是，从我抵达旅馆办理登记，到伺候我用晚餐，带我去澡堂，替我铺床，通通都是这个年轻的女服务生一手包办。而且她很少开口。但她看起来倒也不算土气。她古板地绑着红色腰带，点燃古典的纸烛[①]，带领我在看似走廊又似楼梯的地方绕来绕去时，以及之后被同样的腰带同样的纸烛带领着，在同样不知是走廊还是楼梯的地方一再往下走前往澡堂时，我觉得自己好像已然成为画中人。

---

① 纸烛，将纸捻成细长状浸油点燃，充作烛火。

她替我服务时简略向我说明，最近没客人，因此其他房间没打扫，请我在平日使用的房间将就一下。铺床时，她很有人情味地请我好好休息，然后就走了。她的脚步声，沿着那蜿蜒的走廊逐渐远去时，只剩下悄然无声的冷清，令我耿耿于怀。

有生以来，我只有过一次这种经验。昔日从馆山纵走房州，我曾自上总沿着海边一路步行至铫子。当时我曾于某一晚投宿某个地方。我只能用“某个地方”来指称。因为如今那个地名与住所名称我都忘光了。就连当时我住的是不是旅馆都不确定。唯独记得高梁大屋内只有两个女人在。我问能否收容我过夜时，年长的那个说可以，年轻的那个说要带我去房间，我跟着她一路走去，经过许多荒废的大房间后，她带我来到最后方的小阁楼。走上三层台阶，从走廊要进房间时，檐下倾斜的一丛修竹，迎着一阵晚风，自我的肩膀抚过头部，令我背脊发凉。檐廊的木板已开始腐朽。我说明年竹笋大概就会钻过地板让室内变成一片竹林，年轻女子不发一语，只是笑吟吟径自离去。

那晚，那丛竹子在枕畔婆娑起舞，令我难以成眠。我拉开纸门，院子是整片草原，夏夜的月光明亮，放眼望去，没有篱笆也没有围墙，只有整片辽阔的草山连绵不绝。草山的更远处就是大海，轰隆掀起巨浪威吓人间。最后我就这么睁眼到天亮，窝在怪异的蚊帐内勉强忍耐，一边心想这简直像话本怪谈的遭遇。

后来我也曾旅游各地，但在今晚投宿那古井之前，再不曾有过那种感觉。

我仰面而卧，偶然睁眼一看，门口上方挂着朱漆木框的匾额。即便躺着，也能清楚看见上面写的是“竹影拂阶尘不动”，而且可以看见落款题的是“大彻”。我对书法方面毫无见识但平生特别钟爱黄檗的高泉和尚[①]的笔触。隐元、即非与木庵[②]当然也各有千秋，但高泉的书法最苍劲有力且雅驯。现在看着这七个字，从笔触到运笔方式，分明出自高泉的手笔。但是落款写的是大彻，所以应该不是他吧。说不定，黄檗派还有大彻这么一个和尚。不过纸张的颜色非常新，看起来应该是最近的作品才对。

我翻身侧卧。挂在壁龛的若冲[③]的《鹤图》映入眼帘。因

---

① 黄檗是指禅宗临济派的分支之一黄檗宗。高泉性潡和尚(1633–1695)，是黄檗派僧人。

② 隐元隆琦（1592–1673），黄檗派归化僧。即非如一（1616–1671），明朝僧人，应隐元之请赴日。木庵性瑫（1611–1684），黄檗派禅僧。随隐元赴日继承其衣钵。以上三人皆以书法著称，并称黄檗三笔。

③ 伊藤若冲（1716–1800），江户中期画家。以写实的装饰画风描绘动物与花鸟，尤擅长画鸡。

为和自己的职业有关，这幅画我倒是一进房间就立刻认出是杰作。若冲的画作多半色彩精致，但这幅《鹤图》是完全不在意世间评价的写意画，白鹤单脚修长挺立，上方飘然安放蛋形身体的模样深得我心，甚至连长喙的尖端都带有飘逸意趣。壁龛旁边没有高低二层的装饰架，只有普通的收纳柜。柜子里不知有什么。

我安然入睡。做了一个梦。

长良姑娘一袭宽袖和服，骑着青马，越过山岭，这时佐佐田与佐佐部二男忽然冲出来，从左右两边抢着拉扯她。女人突然变成奥菲莉亚，跳上柳枝，在河中漂流，同时以美妙的嗓音歌唱。我想救她，于是拿着长竹竿朝向岛追去。女人丝毫不以为苦，兀自笑着，唱着，不知去向地顺流而下。我扛着竹竿，不停喂呀喂地呼喊她。

这时我醒了。腋下冒汗。我觉得自己做了一个莫名其妙雅俗混淆的梦。昔日宋朝有位大慧禅师，悟道之后，事事皆无不如意，唯独在梦中会出现俗念令他很困扰，据说长期受此折磨，原来如此，的确有道理。以文艺为生命的人如果不做点更美妙脱俗的梦，作品就不会有影响力。我一边思忖这样的梦大部分无法成为诗画，一边翻身，不知几时月光照到纸拉门上，映出两三枝疏影斜倚。这是个甚至令人感到沁凉寒意的春夜。

许是心理作用，总觉得有人在小声唱歌。不知是梦中的歌声潜入人世，抑或是人世的声音在半梦半醒中混入遥远的梦乡，我竖起耳朵静听。的确有人在唱歌。虽然声音低微，却在这不眠的春夜幽幽起伏一丝脉动。不可思议的是，撇开那个曲调不谈，一听歌词——不是在枕边唱，所以自然听不清歌词——本该听不清的歌词，居然听得很清楚。“秋日来时，吾亦如芒草上的露珠，缥缈消逝。”听来分明是在重复那首长良姑娘之歌。

起初听来近在檐廊，渐渐袅袅远去。若是戛然而止，虽有突兀之感，哀婉之情也会很淡。听着倏然断绝的声音，人们的心里，只会跟着产生断绝之感。但若没有明确画下句号，只是自然而然越来越细微，最后不知不觉消失的现象，我们彷徨无助的心也会跟着一分一秒越来越不安。歌声犹如奄奄一息的病人，犹如即将熄灭的灯火，仿佛随时会在下一瞬间停止，在这徒然扰乱人心的歌声背后，带有汇集全天下春闺怅恨的调子。

到目前为止我一直躺在床上耐着性子倾听，但随着声音渐远，明知是对方在勾引，我的耳朵还是不由自主想追随而去。声音越细小，越令人觉得“哪怕只剩下耳朵，也想依恋地跟随它”。就在我感到无论多么焦虑恐怕也不会再继续听到声音的刹那之前，我终于再也忍不住，忘我地钻出被窝同时猛然拉开纸门。顿时我的膝盖以下斜斜沐浴在月光中。睡衣上亦有树影摇曳洒落。

拉开纸门时我压根没注意到那种事。我只顾着寻找那个声音，辨识出声音的来源——就在对面。只见一个朦胧的影子背对某种枝干（若是花树应是海棠吧），冷冷清清地藏在月光中。就在心里甚至尚未明确意识到自己要找的就是那个时，黑影已踏碎花影向右转。与我房间相连的屋子转角，立刻遮住了那个翩然离去的高挑倩影。

我穿着借来的浴衣，抓着纸门，茫然伫立半晌，最后终于回过神，醒悟山中春寒料峭。我只好先回到刚才钻出的被窝默默思索。从枕下摸出怀表一看，时间已过了深夜一点十分。我把怀表又塞回枕下开始盘算。那个影子应该不是鬼怪。既然不是鬼怪那就是人，若是人应该是女人。说不定就是这家的小姐，但是搬回娘家的小姐三更半夜跑到与山相连的院子好像有点不妥当。不管怎样我都难以入眠，就连枕下的怀表都在嘀嘀嗒嗒插嘴。过去我从未在意怀表的声音，唯独今夜，它仿佛在催促我快想呀、快想呀，又好似在忠告我别睡着、别睡着。真是莫名其妙。

遇见可怕的东西时，如果只视为可怕的东西，照样可以成诗。面对骇人的事物，如果超脱自我，只是单纯当作骇人的事物，照样可以入画。所以失恋才会成为艺术创作的主题。如果忘记失恋的痛苦，则它的温柔，蕴藏的同情，饱含的忧愁，甚至更进一步说来还有洋溢失恋的痛苦本身，都会客观地浮现眼前，所以才能够成为文学与美术的题材。世上有人创造莫须有的失恋，为赋新辞强说愁，贪求那种愉悦。常人评之为愚人、疯子。但我不得不说，自己塑造出不幸的轮廓遨游其中，和自己描绘子虚乌有的山水为那世外仙境而欢喜，二者在获得艺术立足点这方面其实是一样的。就这点而言，世上众多艺术家在身为艺术家时（身为普通人时则不一定）往往比常人更愚昧，更疯狂。我们穿着草鞋旅行时，从早到晚一直发牢骚抱怨好痛苦、好难受，但是向旁人描述那趟旅游时，绝对不会露出丝毫不满的样子。好玩、愉快的回忆自然不消说，就连旅途曾有的愤懑不平也会描述得扬扬得意，一脸自得。这并非出于故意自欺欺人的心态。旅行时是以平常人的心态，事后描述旅游时却是抱持诗人的态度，所以才会出现这种矛盾。如此看来若将四角形的世界磨去名为常识的一角，住在三角形中的或可堪称艺术家。

因此无论是出于天然，或是人力所为，在大众回避难以接近之处，艺术家却能见到满目琳琅，发现无上珍宝。俗称为“美化”。其实那根本不是什么美化。灿烂的彩光，自古以来本就惶惶然存在于现实世界。只是因为一翳遮眼天花乱坠，因为受到俗累羁绊难以断绝，因为荣辱得失逼迫我等念念在心，所以在透纳[①]描绘火车之前我们不知火车之美，在应举[②]描绘幽灵之前我们不知幽灵之美。

我刚才见到的影子，若也只是那种现象，那么不管是谁来看，谁来听，都会饶富诗趣。——孤村温泉——春宵花影——月下低吟——朦胧夜色伴伊人——比比皆是艺术家的好题材。这么好的题材明明就在眼前，我却做出无谓的揣测，投入多余的探究。非要在好好的良辰美景前摆出大道理，用恐惧糟蹋了求之不得的风雅。这样的我，还标榜什么脱离世俗人情的境界！看来我如果不多修行一下，就没资格向人吹嘘自己是诗人或画家。我曾听说昔日意大利画家萨尔瓦多·罗沙一心想研究小偷，甘愿冒性命危险也要混入山贼中。我是在怀中藏着写生簿飘然走出家门，因此若无那种觉悟未免太丢人。

至于这种时候该怎么做才能回归诗的立足点？只要面对

---

① 透纳（Joseph Turher，1775–1851），英国浪漫主义风景画家。

② 圆山应举（1733–1795），江户后期画家。将中国宋、元时代的绘画及西洋画手法融入狩野派，成为圆山派始祖。

自己的感想本身，从那感想退后一步诚实无伪地客观看待，保留以外人的眼光去检视的余地就行了。诗人有义务亲手解剖自己的尸体，把病情昭告天下。至于方法各有不同，最简便的就是管它是什么东西一律写成十七字俳句。十七字就诗词形态而言是最轻便的一种，因此无论洗脸时、如厕时，或搭乘电车时皆能轻易成诗。短短十七字便可轻易成诗，也就表示可以轻易成为诗人。成为诗人是一种顿悟，所以不必因其轻易就予以蔑视。越轻易方便就越有功德，所以我反而认为更值得尊重。假设你现在有点生气，不妨把气愤化为十七字俳句。当你写成十七字时，你的气愤早已变成他人。一个人不可能同时又生气又创作俳句。假设你掉了几滴眼泪，不妨把这眼泪化为十七字，然后你肯定会开心起来。因为把眼泪化为十七字时，痛苦的泪水已游离自身之外，只剩下“原来自己是个有血有泪的男人”这种喜悦。

这是我平日一向的主张。今晚不如也实行这个主张吧。于是我在被窝里针对之前那起事件构思各种诗句。成诗之后如果不赶紧抄写下来，灵感就会跑掉，因此这是需要格外用心的修行，我连忙翻开那本写生簿放在枕畔。

我首先写下“海棠露珠落，恰似心神颤欲狂”，一读之下，毫无趣味，但也不算诡异。接着我又写了一句“花影暗朦胧，梦幻倩影亦朦胧”，但这犯了季节重复的语病[1]。不过我不在乎，反正只要能够定下心来慢条斯理写诗即可。然后我又写下“朦胧月色下，疑似狐仙扮倩女”，但这有点像滑稽的狂句[2]，连我自己看了都忍俊不禁。

照这种样子看来应该不成问题，我当下信心大增，把此刻能够想到的句子通通写下来。

春星闪烁落，犹似夜半发上簪。

春夜云忽现，仿佛月光照湿发。

春夜在今宵，伊人月下吟歌诗。

月夜照伊人，疑为海棠花精现。

月下咏春色，歌声徐徐在远近。

思绪戛然止，深宵独立春夜中。

诸如此类，写着写着，不知不觉开始昏昏欲睡。

所谓恍惚我认为正是这种情况下最妥帖的形容词。熟睡时任何人都无法保有自我。清醒时想必任谁也无法忘记外界。但这两种境域之间横亘着丝丝如缕的太虚幻境。说是清醒未

---

① 同一首俳句中应避免重复使用季语。“花”与“朦胧”皆为春季的季语。

② 狂句是采用俳句的形式，追求滑稽及双关语的句子，流行于江户后期。

免太朦胧，说是沉睡又还保留一点生气。那种状态仿佛是将起卧二界放在同一个瓶中，拿起诗歌的彩管不停搅拌。把大自然的色彩混淆至入梦前的模糊，把真实的宇宙原貌进一步推向朦胧的国度。借助睡魔的妖腕，把一切实相的角度打磨得圆滑，同时，在变得如此柔和的天地，赋予微微迟缓的脉动。仿佛匍匐地面的轻烟想飞却飞不得，我的灵魂，似乎也想要脱离躯壳却又不忍脱离。想抽离又逡巡不定，逡巡不定又想抽离，结果灵魂这个个体，终究无法保持非情之道，氤氲朦胧之气不见散离，一径缠绕四肢五体，始终依依不舍离去。

正当我如此逍遥于寤寐之境，入口的纸门倏然开启。宛如幻影的女子倏然现身门口。我并不惊讶，亦无恐惧。我只是怡然打量。说“打量”可能有点用词过当，因为幻影女子是擅自钻入我紧闭的眼皮之内。幻影缓缓走进室内。宛如仙女凌波而来，她在榻榻米上没有发出凡人的动静。我是闭眼看世界所以并不确定，但她似乎是个肤色白皙、头发浓密、脖颈修长的女子。我觉得很像是把这年头流行的朦胧沙龙照高举在灯影下打量。

幻影在收纳柜前驻足。她打开柜子，洁白的手臂随着衣袖滑落在黑暗中若隐若现。她又关上柜子，榻榻米的波浪自动将幻影送回去。入口的拉门又自动关闭。我的睡意渐浓。

人死去后，尚未投胎转世变成牛马的途中大概就是这样吧。

我自己也不知道在人与马的两世之间睡了多久，感到耳边响起女子的低笑声时倏然醒来。定睛一看，夜幕早已落尽，天下每个角落都大放光明。看着和煦的春阳染黑圆窗的竹制窗棂，世间似乎已无奇妙事物潜藏的余地。神秘想必已回归极乐净土，抵达三途川[①]的对岸了。

我穿着浴衣直接去澡堂，漫不经心地在池子里浸泡了五分钟左右。我无意洗浴，也不想离开。重点是，昨晚我为何会萌生那种心情？天地以昼夜为界，如此彻底颠覆也是一件妙事。

我甚至懒得擦干身体，因此草草了事，湿淋淋地直接走出来，从内侧一拉开澡堂的门，顿时又被吓了一跳。

“早安。昨晚睡得好吗？”

几乎就在开门的同时，听到这句话传来。我压根没想到会有人在，结果劈头就听到对方打招呼，所以我甚至来不及回话。

“来，快穿上。”

对方说着已绕到我身后，轻飘飘地在我背上披了一件蓬

---

①三途川，死后第七日渡过的冥界之河。

松柔软的衣服。我好不容易才勉强挤出一句“谢谢你……”，当我扭头面对对方，女人顿时后退两三步。

自古以来小说家总是极力描写主角的容貌。若举出从古到今各种语言品评佳人的说法，那个数量恐怕不逊于大藏经[①]。在这令人惊愕的大量形容词中，关于这个站在我三步之外，扭着身体，愉悦地斜眼看着我流露惊愕与狼狈的女人，若要拣选出最适当的形容词，不知会有多少数量。但我活了三十几年，迄今从未见过那种表情。根据美术家的评论，古希腊雕刻的理想，据说归结起来就是“端肃”二字。我想端肃应是人类的活力欲动而未动的样子。一动之下会如何变化，是风云？还是雷霆？正因无从确定之际有余韵缥缈，所以才能够将含蓄的意趣流传至百代之后吧。世上许多尊严与威仪，就是潜伏在这湛然的可能性背后。动了之后自然会出现。一旦出现，是一是二还是三必然会有个结果。一与二与三肯定都有其特殊能力，但是既然已是一，是二，是三，就会彻底暴露拖泥带水的陋病，不可能再回到本来圆满之相。因此只要冠上能动之名者必然卑下。运庆[②]雕刻的金刚力士像，北斋

---

① 大藏经，佛教圣典的总称。共有一万一千九百七十卷。

② 运庆，生卒年不详，镰仓时代最具代表性的雕佛师。创作各大寺庙的佛像。

画的漫画都是败在这一个“动”字上。是动或是静？这是支配我们画师命运的大问题。自古以来，对美女的形容想必也多半可以归入这两大范畴之一。

然而此刻看着女人的表情，我迟疑着不知该如何判断。她的嘴巴抿成一线很安静。眼睛动来动去仿佛连分毫可乘之机都不放过，脸蛋是上窄下宽的瓜子脸，虽然看起来富态，相对的额头狭小，显得小家子气，带有所谓美人尖的俗气。而且眉毛自两方逼近，中央仿佛点上了几滴薄荷油，正在焦虑抽动。唯有鼻子并未尖得过于轻浮刻薄，也没有圆得过于迟钝蠢笨。如果画成一幅画想必很美。如此这般五官各有特色，一齐乱哄哄冲进我的双眼，也难怪我会迟疑。

就好像本该是平静的大地一角忽然陷落，全体不由震动，随即醒悟震动会违背本性，于是极力想恢复往昔模样，偏偏受制于失衡的态势，不得不继续动来动去直到今日，于是索性在赌气之下非要动给你看——如果真有那种现象，正好可以用来形容这个女人。

所以在她轻蔑的背后，多少也可看出想依赖他人的迹象。在瞧不起人的背后隐约藏有深思熟虑的判别力。在恃才傲物、就算面对百名男子亦视若无物的气势底下，不自觉涌现温柔情怀。她的表情说什么都无法统一。仿佛领悟与迷惘在同一个屋檐下吵吵闹闹同居。这个女人的脸蛋没有统一之感，正是心灵不统一的证据，心灵不统一，恐怕是因为这个女人的世界没有统一吧。那是遭受不幸打压，企图战胜不幸的脸孔。她肯定是个不幸的女人。

“谢谢你。”我再次道谢，朝她微微点头致意。

“呵呵，房间已经打扫过了。请您去看看。待会儿见。”

说完，她翩然一扭细腰轻快奔过走廊。她的头上梳着银杏髻。颈后下方露出白领。她的腰带想必只有单面是黑缎子。

四

我茫然回到房间，果然打扫得很干净。但我有点不放心，为求谨慎起见还是打开柜子检视。下方是小衣橱。上层垂落半截友禅染腰带。可以解释为某人匆忙取出衣物离开所致。腰带的上半截还藏在五颜六色的衣服之间看不见末端。有一边放了少许书籍。最上面那本是白隐和尚的《远良天釜》[①]与一卷《伊势物语》[②]。我觉得昨晚的梦境或许是真的。

我随意往坐垫上一坐，只见那本写生簿子里夹着铅笔，慎重放在紫檀木桌上。昨夜梦中草草写下的诗句，早上看来会是怎样呢？我拿起簿子。

“海棠露珠落，恰似心神颤欲狂”的下方，不知被谁写了一句“海棠露珠落，晨鸦啼叫黎明至”。字是用铅笔写的，所以模糊不清，若是出自女人的手笔未免太刚硬，若是男人

---

① 白隐和尚（1685–1768），江户时代的临济宗高僧。《远良天釜》是一七五一年出版的白隐法话集三卷。

② 《伊势物语》，作者不详。平安初期的短歌读本。以在原业平的诗歌为主，内容多为男女情爱。

写的未免太柔和。我又吃了一惊。接着看到“花影暗朦胧，梦幻倩影亦朦胧”下方接的是“花影暗朦胧，眼花误以为倩影”。“朦胧月色下，疑似狐仙扮倩女”的下方是“朦胧月色下，贵公子[1]假扮倩女”。不知这是在模仿，还是修改我的诗句？是风雅的以文会友，还是嘲笑，在耍我？我不禁歪头纳闷。

女人说待会儿见，所以吃饭的时候说不定又会出现。等她来了，或许就能稍微了解状况吧。我看看时钟，已过了上午十一点。我睡得很饱。这下子只吃午餐想必对胃比较好。

拉开右侧的纸门，我追忆昨晚那一幕是发生在哪一带。我判断那植物是海棠果然没错，就是海棠，但院子比印象中狭小。五六块踏脚石覆满青苔，如果赤脚踩在上面肯定很舒服。左边与山相连的崖壁上有赤松自岩石之间往院子上方歪斜伸展而来。海棠后方有一小丛灌木，更后方的大片竹林将十丈青翠暴露在春光中。右边被屋宇遮挡看不见，但就地势观察，徐缓的下坡想必是通往澡堂那边。

山脉尽头是小丘，小丘尽头是约有三公顷的平地，平地尽头潜入海底，再往前走六十几公里后地形又隆起，成了方

① 贵公子，出自源义经穿女装经过五条桥遇见弁庆的典故。

圆二十几公里的摩耶岛。这就是那古井的地势。温泉馆位于山丘脚下尽量往山崖伸展似的把山崖的景色大半纳入院子，所以前面看来是二层楼，后面却是平房。如果坐在檐廊伸出双脚晃荡，脚跟会立刻碰到青苔。难怪昨晚我会觉得房子的格局古怪，好像一直在上上下下走楼梯。

接着我打开左侧的窗子。天然凹陷约两张榻榻米面积的岩石中注满春水，静静倒映山樱的影子。两三棵山白竹点缀岩石角落，对面是枸杞树篱，外面或许是从海滩登上山丘的小路，不时传来人声。道路的另一侧是朝南的缓坡，种满橘子树，谷底又有大片竹林闪烁白光。直到此刻我才知道，原来远眺时，竹叶看起来会闪烁白光。竹林上方是有着许多松树的山峦，褐色树干之间可以看见五六层石阶。那里大概是寺院吧。

我拉开入口的纸门走到檐廊上，栏杆呈四方形弯曲，从方位来说应该可以看到海的地方，隔着中庭，就是前栋二楼的房间。我住的房间，如果凭栏而立应该也和对面的二楼是同样高度，这引起我的兴致。澡堂在地下，若就澡堂的位置而言，我等于住在三楼。

房子很宽敞，但除了对面二楼的那个房间，以及我沿着栏杆向右转的那间之外，我不知还有什么房间，看似客房的房间多半房门紧闭。除了我以外想必没有其他客人。关闭的房间即便白天也没打开遮雨板，一旦打开了似乎夜晚也不会关闭。甚至不确定正面大门是否也是如此。这是个最适合非人情之旅的绝佳场所。

时钟已快走到正午十二点，却还没有开饭的迹象。我终于感到饥饿，不过，想到自己正处于“空山不见人”这首诗中，就算稍微省下一顿饭也不遗憾。我懒得画画，至于俳句就算不创作也已尽得俳句三昧，所以现在写俳句反而只会煞风景。绑在折叠椅上带来打算阅读的两三本书也懒得拆封。就这样，任由背部晒着暖暖春阳，与花影同卧檐廊，诚乃天下至乐。动脑筋思考只会坠入邪门歪道。一动就危险。可以的话我甚至不想用鼻子呼吸。我只想像榻榻米上生根的植物一样纹风不动度过两星期。

之后，走廊终于响起脚步声，有人从楼下走上来了。根据走近的脚步声听来，好像有两个人。才刚觉得两人在我房门前驻足，其中一人已不发一语掉头走回去了。纸门拉开。我以为是今早的女人，结果又是昨晚的女服务生。我觉得若有所失。

“抱歉来迟了。”她说着放下餐盘，没有对早餐做出任何辩解。烤鱼点缀了一些绿色，掀开汤碗一看，蕨菜之中沉浸着红白相间的虾子。我心想，啊，好美的颜色，定睛打量碗中。

“您不喜欢吗？”女服务生问。

“不会，我马上开动。”虽说如此，但我其实舍不得吃掉。我曾在某本书上看过一则逸话，据说画家透纳在某个晚餐席上，凝视盘中的沙拉，对身旁的人说：“好清凉的颜色，这就是我要用的颜色。”我很想让透纳看一下这个虾子与蕨菜的颜色。基本上西洋食物中，找不出任何颜色好看的菜色。就算有，也顶多是沙拉与红萝卜罢了。营养价值方面我不甚了解，但就画家的角度看来，那是非常落伍的料理。相较之下，日本料理无论是汤、前菜或生鱼片都可以弄得很漂亮。面对豪华的宴席料理，就算不动筷子，静观之后便离开，单就大饱眼福而言，去茶屋一趟也绝对值回票价。

“你们这里有个年轻女人吧？”放下碗，我问女服务生。

“是的。”

“她是什么人？”

“是少夫人。”

“另外还有老夫人吗？”

“去年过世了。”

“老爷呢？”

“还在。她是老爷的千金。”

“你是说那个年轻女人吗？”

“是的。”

“有客人吗？”

“没有。”

“只有我一人吗？”

“是的。”

“少夫人每天都在做什么？”

“做针线……”

“还有呢？”

“弹三弦琴。”

这倒是很意外。出于好奇我又接着问：

“还有呢？”

“去寺院。”女服务生说。

这再次令我意外。寺院与三弦琴的组合很怪异。

“去寺院拜拜吗？”

“不是，去找和尚。”

“难不成和尚也学三弦琴？”

“不是。”

“不然她去做什么？”

“去找大彻师父。”

原来如此，大彻肯定就是写这个匾额的男人。从这诗句推断应该是什么禅师。柜子里的那本《远良天釜》想必是那个女人的私人物品吧。

“这个房间平时有谁出入吗？”

“平时是少夫人使用。”

“那么，昨晚我来之前她都是睡在这里？”

“是的。”

“那真是太过意不去了。对了，她去找大彻师父做什么呢？”

“我不知道。”

“还有呢？”

“您是指什么？”

“我是说，除此之外她应该还有做些什么吧？”

“还有，很多……”

“‘很多’是哪些呢？”

“我不知道。”

对话到此结束。饭终于吃完了。收餐盘时，女服务生拉开入口的纸门，隔着中庭的植物，只见银杏髻女子在对面二楼倚栏托腮，宛如现代版的杨柳观音垂首注视下方。与今早不同，此刻的她非常沉静。她低着头，从我这边看不见她的眼眸动向，所以不知表情出现多大的变化。据说古人有云，存乎人者莫良于眸子，的确，人焉廋哉，在人的身上，再没有比眼睛更灵活的工具。她寂然倚靠的亚字形栏杆下方有两只蝴蝶若即若离翩翩飞起。这时我房间的纸门倏然开启。拉动纸门的声音，令女人的目光猝然自蝴蝶转向我这边。她的视线如毒箭贯穿长空，没打声招呼就射向我的眉心。正当我吃惊之际，女服务生又啪的一声关上纸门。之后只剩异常悠远的春天。

我再次躺下。心头顿时浮现的是这样的诗句：

Sadder than is the moon's lost light[①],
Lost ere the kindling of dawn,
To travelers journeying on,
The shutting of thy fair face from my sight.

假设我爱慕那个银杏髻女子，不惜粉身碎骨也想见她的当下，对于刚才那样匆匆一瞥的别离，感到销魂蚀骨的喜悦

① 出自英国作家乔治·梅瑞狄斯（George Meredith，1828–1909）的小说《沙帕特的理发师》（*The Shaving of Shagpat*）第二章“美女帕娜瓦的故事”。

与憾恨，那我必然也会作出蕴藏这种意味的诗句吧。而且，说不定还会再添上两句：

Might I look on thee in death,
With bliss I would yield my breath.

幸好，我早已超越寻常的恋呀爱的那种境界，纵使想感受那种痛苦也感受不到。但刚才那瞬间遭遇产生的诗趣，的确淋漓尽致地呈现在这五六行诗中。我与银杏髻女子的关系就算没有如此惆怅的情愫，把我俩目前的关系套用在这诗中也很有意思。或者把这首诗的意义引用到我俩身上做诠释也很愉快。在我俩之间，有一条因果的细线，把诗中呈现的某部分情境化为事实凑到一起。因果之线细到这种程度就不足为苦。况且，那并非普通的丝线。那是横越天空的彩虹之线，是在原野拖曳的渺渺雾霭，是缀满朝露闪闪发亮的蜘蛛丝。如果想弄断，立刻便可切断，光是看着就觉得非常美丽。但万一这条丝线眼看着越变越粗像水井的绳子一样坚硬怎么办？不会有那种危险。我是画家。对方也不是普通女人。

纸门突然开启。我翻身朝入口一看，与我有因果缘分的那个银杏髻女子站在门口，用托盘端着青瓷小碟伫立。

—

“您还在睡吗？昨晚一定很困扰吧。被我一再打扰，呵呵呵。”她笑言。毫无畏缩之意，也没有企图掩饰——当然更没有羞愧的迹象。她只不过是先我一步开口罢了。

“今早谢谢你。”我再次道谢。仔细想想，为了那件厚棉袍我已讲了三次谢谢。而且，三次都只说了谢谢你这三字。

我准备起身时，女人已迅速坐到我枕畔。

“哎呀，您就躺着吧。躺着也可以讲话。”她爽快地说。我想想也对，于是姑且先趴着，双手支颐，在榻榻米上屈肘撑着身子。

“我怕您无聊，所以来伺候您喝茶。”

“谢谢你。”又是谢谢你。我朝点心碟一看，上面排放着精致的羊羹。在所有的糕点中我最喜爱羊羹。并非想吃，而是那种肌理之光滑、细腻，还有在光线照耀下呈现半透明的质感，不管怎么看都是艺术品。尤其是带有青色的熬煮方式，宛如玉石与蜡石的混种，光是看着就觉得舒坦。而且用青瓷小碟盛装的青色羊羹，仿佛刚刚从青瓷中诞生般晶莹剔透，教人忍不住想伸手抚摸。西洋糕点就没有任何一种可以带给人如此强烈的快感。奶油的颜色还算有点柔和，却稍嫌油腻。至于果冻，乍看之下宛如珠宝，却晃来晃去，没有羊羹那种分量感。至于用白砂糖和牛奶制作的五重塔，那就更不列入考虑了。

“嗯，相当不错。”

“这是源兵卫刚刚买回来的。若是这个您应该吃得下吧！”

看来源兵卫昨晚留在城里。我没回话，只是看着羊羹。是谁从哪买来都无关紧要。只要够美丽，只要我觉得美丽，便可充分满足。

“这青瓷的形状非常好。颜色也很漂亮。与羊羹相比几乎毫不逊色。”

女人呵呵笑。嘴角有一丝轻蔑的微波荡漾。大概是把我说的话当成附庸风雅。原来如此，若是附庸风雅，的确值得受到轻蔑。一个智慧不足的男人硬要附庸风雅时，经常会说出这种话。

“这是中国的吗？”

“什么？”对方完全没把青瓷放在眼里。

“好像是中国货。”我拿起碟子检查盘底。

“这点东西不算什么，如果您喜欢，要不要参观一下？”

“好啊，请务必让我参观。”

“家父酷爱古董，所以有各种收藏。我会跟家父说，改天请您去品茶。”

听到“品茶”我有点退避三舍。世上没有比茶道中人更喜欢故作风雅的人。他们故意用绳子将辽阔的诗界画地自限，极为自尊，极为煞有介事，极为小家子气，毫无必要却鞠躬如仪，喝泡沫渣子也甘之如饴，这就是所谓的茶道中人。如此烦琐的规则中若有风雅趣味，那么麻布的陆军部队应该浑身风雅味浓烈得呛鼻了。那些喊着“向后转”“齐步走”的士兵应该都是大茶人才对。其实那都是完全没有受过艺术熏陶的商人或市井小民，根本不知道怎么做才叫作风雅，所以才会机械性地将利休[①]以后的规则囫囵吞枣，以为这八成就是风雅，反而看不起真正的风雅人士。

“你说的茶，是那种有流派做法的茶吗？”

“不是，没有任何流派做法。是不喜欢可以不喝的茶。”

“那我倒是可以顺便喝一下。”

“呵呵呵呵。家父最喜欢给人看他的茶具了……”

“看了非得赞美不可吗？”

“他年纪大了，如果稍作赞美，他会很高兴。”

“噢，如果稍作赞美即可，那我就赞美一下吧。”

“您就让个步，多多赞美嘛。”

---

① 利休（1522–1591），千家流茶道始祖。

“哈哈哈哈，有时你的言辞倒是毫无乡土气。”

“意思是说本人很乡土气吗？”

“人还是乡土一点比较好。”

“那样更吃得开。”

“不过你曾在东京住过吧？”

“对，住过，也住过京都。我四处漂泊，住过很多地方。”

“这里与都市，哪个比较好？”

“其实都一样。”

“这种安静的地方，反而轻松自在吧！”

“无所谓轻不轻松，人生在世过得好坏全凭自己的一念之间。如果因为讨厌跳蚤国就搬去蚊子国，其实毫无帮助。”

“搬到没有跳蚤也没有蚊子的地方不就好了。”

“若有那种地方，您倒是给我看看。快给我看呀。”女人咄咄逼人。

“你想看，我就给你看。”我拿起那本写生簿，遥想女人骑在马上，望着山樱花的心情——当然那是仓促下笔，还算不上一幅画，只是草草画下感受。

“来，请到这画中。没有跳蚤也没有蚊子。”我说着把簿子伸到她的鼻尖前。不知她会吃惊，还是难为情，照这样子看来，应该不可能痛苦挣扎吧——我这么暗忖着窥探她的反应。

“哎哟，真是狭小的世界，这只是横幅吧。您喜欢这样的地方？简直像螃蟹。”她回嘴嘲讽。我听了之后，“哇哈哈哈哈！”我大笑。檐角附近刚开始啼叫的黄莺，顿时噤声，移到远方的枝头去了。我俩刻意停下对话，竖起耳朵听了一会，但是一旦停止啼叫后，很难再让鸟打开金口。

“昨天您在山上遇见了源兵卫吧？”

“对。”

“去参观了长良姑娘的五轮塔吗？”

“对。”

“秋日来时，吾亦如芒草上的露珠，缥缈消逝。”没有说明，也没加上曲调，女人就这么直接把歌词念诵出来。不知有何用意。

“这首短歌，我在茶店听过。”

“是阿婆告诉您的吗？她本来在我家帮佣，那时我还没嫁……”说到一半，她犹豫地看看我的脸，我佯装不知情。

“那时我还年轻，她每次来我都会讲长良的故事给她听。唯独那首歌她老是记不住，但是一遍又一遍听多了，最后终于囫囵吞枣地整个背下来了。”

“难怪，我就奇怪她怎会知道那么艰深的诗句。——但那首歌是哀歌。”

“悲哀吗？若是我绝不会吟咏那种歌。先不谈别的，跳水自寻短见岂不是太没意思了？”

“原来如此，的确没意思。若是你的话会怎么做？”

“还能怎么做，很简单嘛。把两个男人都收了当男妾呀。”

“两个都要吗？”

“对。”

“了不起。”

“没啥了不起，那是理所当然。”

“原来如此，那样的确用不着冲动地跑去什么蚊子国、跳蚤国。”

“不必活得像螃蟹，照样生存得下去吧。”

呵——呵叽啾——已快被我抛到脑后的黄莺，不知几时又重整旗鼓，忽然发出不合时宜的高亢叫声。一旦振作起来，声音似乎自然就源源不绝冒出来。它倒挂身子，震动鼓胀的咽喉底层，仿佛要撕裂小巧的鸟喙。

呵——呵叽啾。呵——呵叽——啾——只闻莺啼婉转不绝。

“那才是真正的歌。”女人告诉我。

五

“不好意思，请问您是东京人吗？”

“我看起来像东京人？”

“这还用看吗，一眼就知道——更何况听您说话就知道。”

“那你猜得出是东京的哪里吗？”

“这个嘛，东京大得要命。应该不是平民老街。是有钱人住的山手区吧。山手区的曲町吗？啊？不然是小石川？再不然就是牛込或四谷吧？”

“差不多是那样吧。你懂得不少嘛。”

“别看我这样，我也是地道的东京人。”

“难怪我觉得你很洒脱。”

“嘿嘿嘿嘿。没那回事，变成我这副德行，太窝囊了。”

“那你怎会流落到这种乡下地方呢？”

“没错，您说得对极了。我的确是流落而来。因为没饭吃……”

“你本来就是理发店的老板吗？”

“不是老板，是店里的师傅。啊？您问地点啊。地点就在神田的松永町。哎呀，那是个只有巴掌大的破地方啦。像您这样的贵人不可能会知道。那里不是有一条龙闲桥吗？啊？您连那个也不知道啊。龙闲桥可是很有名的桥。”

“喂，再帮我多涂一点肥皂泡好吗？痛死了。”

“会痛吗？因为我有洁癖，非得这样倒着刮，把胡子一根一根从毛孔抠出来才痛快——啧，这年头的师傅，根本不是在刮胡子，那是抚摸。您再稍微忍一下。”

“我从刚才就已经忍很久了。算我拜托你，再给我多抹一点热水或肥皂。”

“受不了了吗？应该没那么痛才对。说来说去都要怪您的胡子长太长了。”

老板遗憾地放开本来用力捏我脸颊肉的手，从架子上取下一片单薄的红色肥皂，迅速在水中浸了一下，然后就直接在我脸上来来回回抹了几下。我从未被肥皂直接抹过脸。而且想到沾湿肥皂的水说不定是好几天以前就打来放着的水，我不禁毛骨悚然。

既然是理发店，作为客人的权利，我不得不对着镜子。但我从刚才就想放弃这个权利。镜子这种道具外表平坦，如果不能如实映出人脸就说不过去。如果挂着不具备这种性质的镜子，还非要逼迫人家面对，那我不得不说，逼迫者就和三流摄影师一样，是故意损害对方的容貌。虚荣心受挫或许是提高修养的一种好方法，但是犯不着让人家展示低于自己真实价值的脸孔，还告诉你说“这就是你喔”来羞辱对方。现在我耐着性子不得不面对的镜子，分明从一开始就在侮辱我。往右看时，整张脸只看到大鼻子。往左看时，嘴巴咧到耳根。仰起头时，就像正面看蛤蟆似的压得扁平。稍微屈身就像福禄寿神仙赐予的孩子般，只看到凸出的大脑袋。被迫照镜子的期间，不得不一人分饰多角，扮演各种妖魔鬼怪。就算姑且可以忍耐镜中的自己欠缺美感，但就镜子的构造、色调、银箔的剥落令光线射穿的模样等等综合考虑，这个工具本身实在极为丑陋。被小人谩骂时，对于谩骂本身倒是不痛不痒，可是如果必须在那个小人面前行住坐卧，任谁都会感到不愉快吧。

况且这个老板也不是普通老板。我从店外窥见时，他总是盘腿而坐，拿着长烟管，对着庆祝英日缔结同盟的玩具国旗频频喷烟，看起来百无聊赖，可是等我走进去把脑袋托付给他才大吃一惊。他那种毫不客气的处理方式，甚至令我开始暗自怀疑，刮胡子时，脑袋的所有权，是完全在老板的手上呢，还是我自己仍保有几分？即便我的脑袋仍然安坐在肩上，照这样看来也保不住多久。

他挥舞剃刀时，完全不懂文明的法则。刀子碰触脸颊时发出咔哩哩的声响。刀子刮到鬓角时，我听见自己的动脉跳动声。利刃在下巴一带飞舞时则是咔哧咔哧发出宛如踩碎霜柱的怪声。而且他还自负是全国技术最高明的理发师。

最可怕的是他喝醉了。每次张嘴喊“先生啊”就飘来怪味。不时还把怪异的气体喷向我的鼻梁。这样下去，难保剃刀几时会失手滑到不该剃的地方。他自己都没有明确的计划，把脸托付给他的我自然更无从得知。是我自愿把脸任由他处置，所以我本来打算若是一点小伤口就不跟他计较了，但是万一他忽然发疯割断我的咽喉那可不得了。

“只有技术欠佳的人，才会在刮胡子的时候抹肥皂，不过您的胡子毕竟状况不同所以没办法。”老板说着就把肥皂直接往架子上一扔，肥皂违背老板的命令滚落地上。

“先生，您好像有点面生，怎么，是最近才刚来吗？”

“我两三天前刚到。”

“噢，住哪里？”

“我住在志保田家。”

“嗯，您是那里的客人啊。我就猜想八成是这样。其实，我也是来投靠那位退隐的老太爷。说穿了其实没什么，那位老太爷住在东京时，我正好也住在附近——所以就认识了。他是个好人，很通情达理。去年太太过世了，现在整天把玩古董——他手里好像有很不错的货色喔。听说如果卖掉可以卖不少钱。”

“他不是还有位美丽的女儿吗？”

“危险喔。”

“什么？”

“这还用说。当然是您，那位可是离婚回来的。”

“这样啊。”

“那可不是您这样轻描淡写的小事喔。说穿了，她本来不用离开夫家。只因为银行倒闭无法继续吃香喝辣过好日子就离婚，这在道义上说不过去嘛。老太爷现在是身体还硬朗所以没事，万一哪天不在了，到时候可就不好解决啰。”

“会吗？”

“当然会呀。她和嫡系本家的兄长处得不好。”

“还有嫡系本家？”

“本家在山丘上。您可以去游览一下。风景很漂亮喔。”

“喂，再给我抹一次肥皂好吗？又开始痛了。”

“您的胡子可真会痛。都是因为胡子太硬了啦。您的胡子三天就得刮一次才行。如果我替您刮都会痛，那您不管去哪家，都会受不了。”

“以后我会记得这么做。不然每天来报到也行。”

“您打算逗留那么久吗？危险喔。我劝您还是算了吧。绝对没好处。要是牵扯上麻烦，还不知道会有什么下场喔。”

“怎么说？”

“您别看那位小姐好像很漂亮，其实脑子有病喔。”

“何以见得？”

“这还用说，先生。村子里的人都说她是个疯子。”

“应该是哪里有误会吧？”

“可是，摆明了就有证据，所以您还是打消念头吧。危险喔。”

“我倒是无所谓，但到底有什么证据？”

“说来可怪了。哎，您先慢慢抽根烟听我说。——要洗头吗？”

“头不用洗了。”

“那我帮您把头皮屑抓一抓吧。”

老板那积满污垢的爪子，毫不客气地放在我的头盖骨上，也没打声招呼就开始猛烈地前后移动。他的指甲，把黑发一根一根拨开，宛如巨人的耙子迅如疾风地来来回回扫过不毛之地。我不知头上到底有几十万根头发，但是所有的头发都被连根铲起，剩下的地面条条红肿，而且余震通过地盘，从骨头到大脑脑浆皆可感到震荡。老板就是如此猛烈地抓我的头。

“怎么样，舒服吧？”

“真是能干。”

“啊？这样做人人都会神清气爽喔。”

“我的脑袋都快掉下来了。”

“这么倦怠吗？都是因为天气太好了。一到春天，身体好像就特别慵懒——您先抽口烟嘛。一个人待在志保田家，想必很无聊吧？不妨来我这里聊聊天。东京老乡就是得和东京老乡在一起才聊得来。怎么样，那位小姐可曾出面跟您打招呼？像那种捉摸不透的女人真是伤脑筋啊。”

“你在讲小姐如何如何的时候，弄得头皮屑乱飞，我的脑袋都快掉了。”

“没错，就是脑袋空空如也，所以说起来简直没完没了——所以那个和尚就昏了头……”

“那个和尚是哪个和尚？”

“就是观海寺负责收账的和尚嘛……”

“无论是收账的还是住持，到目前为止的对话中一个和尚也没出现过。”

“是喔，是我太性急了。那是个颇有阴郁魅力，看起来就六根不净的和尚，就是那家伙爱上她，最后还写了情书——

咦，等一下。还是亲口求爱呢？不，是写情书。结果——呃——情节发展好像有点怪怪的。嗯，我想起来了，果然如此。那家伙大吃一惊……”

“是谁大吃一惊？”

“女方呀。”

“是女方收到情书大吃一惊啊？”

“她若是那种会吃惊的女人倒还楚楚可怜，问题是她根本不吃惊。”

“不然是谁吃惊？”

“是求爱的那方呀。”

“你不是说没有求爱吗？”

“哎哟，急死人了。我弄错了。是收到情书。”

“那果然还是女方啰？”

“没有，是男方。”

“若是男方，就是那个和尚啰？”

“对，就是那个和尚。”

“和尚为什么吃惊呢？”

“还能为什么，在正殿念经时，那个女人突然跑进来——嘻嘻嘻。不管怎么看都是个疯子。”

“后来出了什么事吗？”

“她说，既然觉得我那么可爱，就在菩萨面前一起睡觉吧——说完突然一口咬住泰安的脖子。”

“啊？”

“泰安很错愕。写情书给疯子，出了那么大的丑，最后，在那晚偷偷躲起来死掉了……”

“死了？”

“我想他应该死了吧。哪还有脸活下去啊。”

“那很难说。”

“也是啦，对方既然是疯子，死了也不值得，所以他搞不好还活着。”

“挺有趣的故事。”

“这可不是有不有趣的问题，已经成了全村的笑柄了。唯有当事人，根本上就是疯子，所以倒是坦然自若——哎呀，如果像您这样清醒当然是没问题，但对方可不是正常人，万一牵扯不清出了什么事，会很麻烦喔。”

“看来我得小心一点了。哈哈哈哈哈。”

带有咸味的春风，从温暖的海岸轻柔吹来，倦怠地煽动老板的门帘。燕子歪身掠过那下方的身影，翩然落入镜中。对面那户人家年约六十的老头子蹲在檐下，正在默默挖贝壳。每当他用小刀喀嚓一撬，就有红色的贝肉跃入竹篓。空壳发出冷光，横越六十几厘米的蒸腾热气飞往彼方。堆积如山的成堆空壳，不知究竟是牡蛎、蛤蜊，还是竹蛏？贝壳堆崩塌，有一些滑落砂川底部，自浮世的表层，葬送在黑暗的国度。被埋葬之后，立刻又有新的贝壳在柳荫下堆积。老头子无暇思考贝壳的下场，只是不断把空壳朝热腾腾的蒸气上方抛过去。他的竹篓似乎是无底洞，他的春日看似无止境地悠长。

砂川流过宽不足四米的小桥下，朝海边潺潺流去春水。春水与春海汇合之处，参差晾晒着长约数米的渔网。穿过网孔吹向村子的软软熏风，令人怀疑正不断带来腥臭的微温。其间，融化钝刀，看似悠悠荡漾的就是海的颜色。

这片景色与这位老板实在不搭调。如果这位老板的强烈人格带给我的头脑足以与四周风光抗衡的影响，那我站在两者之间大概会有强烈的方凿圆枘格格不入之感。幸好老板并不是什么伟大的英雄豪杰。就算他是地道的东京人，再怎么盛气凌人地放话，也无法与这种浑然浩荡的天地壮大气象匹敌。卖弄满腹饶舌，一心只想打破这种调子的老板，已早早化为微尘，浮游在怡然春光之中。所谓的矛盾，是存在于力度、分量，或是意气、躯体水火不容，而且程度旗鼓相当的事物或人物之间才能发现的现象。当两者的差距过于悬殊时，这种矛盾终将消磨殆尽，说不定最后反而成为大势力的一部分跟着活动。所以才子成为大人物的左右手，愚者成为才子的股肱，牛马成为愚者的心腹，就是这个原因。如今这位老板以无限的春日美景为背景，演出某种滑稽。本该破坏悠然春意的他，反而增添了春日悠长之感。我不禁油然萌生三月中旬与悠哉的弥次①结伴同游之感。这个异常庸俗的嚣张人物，是具有太平气象的春天最和谐的一抹色彩。

这么一想，这个老板也是相当能够成诗、入画的男人，所以本该离去的我，故意赖着不走继续和他东聊西扯。这时一个小光头钻过门帘，说：

“不好意思，帮我剃个头吧。”

他穿着白色棉衣，腰系同样布料的铺棉腰带，外面罩着粗糙似蚊帐的袈裟，是个看起来无忧无虑的小和尚。

“了念小师父。怎么，上次在外面游荡，被大和尚骂了吧！”

“没有，被夸奖了。”

“你出来跑腿，结果中途跑去抓鱼，难道他还夸奖你了不起？”

“师父是夸奖我，小小年纪就这么会玩真令人佩服。”

“难怪你头上肿了一个包。这么凹凸不平的脑袋剃起来很麻烦啊。今天就放你一马，下次先把脑袋弄平滑了再来。”

---

① 弥次郎兵卫，十返舍一九的滑稽小说《东海道徒步旅行记》的主角之一。书中描写他和喜多八结伴旅行时沿路有趣的经历。

“与其重新弄平滑，我还不如另外找家手艺比较好的理发店。”

“哈哈哈哈！脑袋瓜子虽然凹凸不平，嘴巴倒是挺厉害的。”

“手艺虽然不好，酒量倒是很厉害的是你吧。”

“胡说八道，什么手艺不好……”

“不是我说的。是师父告诉我的。你别生气嘛。都这么大年纪了多丢人。”

“哼，没意思——我说先生啊。”

“啊？”

“和尚这种人，是不是因为住在高高的石阶上，无忧无虑，所以嘴巴自然变得特别厉害啊？连这种小和尚讲起话来都得理不饶人——啊，头稍微低一点——我叫你低一点——不听我的，小心割到喔，不开玩笑，会流血喔。”

“好痛！你轻一点啦。”

“这点小痛都不能忍，怎么当和尚啊。”

“我早就已经是和尚了。”

“还不成气候呢。——对了，那个泰安为什么会死掉，小和尚？”

“泰安师父没有死。”

“没有死？那就奇怪了。他应该死掉了才对呀。”

“泰安师父后来发愤图强，去陆前的大梅寺潜心修行。现在应该快成为名僧了。真是太好了。”

“好什么好。就算是和尚，也没有半夜不告而别照样过得好好的道理。你呀，可得小心一点。很多人就是败在女色上——说到女人，那个女疯子还去找大和尚吗？”

“我没听说过什么女疯子。”

“跟你讲不通啦，小秃驴。她到底有没有去？”

“女疯子没来过，志保田家的小姐倒是会来。”

“就算她再怎么找和尚求神拜佛也治不好疯病。一定是上一代的老爷子阴魂不散。”

“那个小姐是了不起的女人。师父经常夸奖她。”

“一旦上了高高的石阶，什么都爱跟人唱反调，真是受不了。不管和尚怎么说，疯子就是疯子。好了，剃好了。快滚回去挨和尚骂吧。”

“不要，我要多玩一下再回去让师父夸奖。”

“随便你，你这个嘴巴厉害的小鬼。”

“呸！你这个干屎橛。”

“你说什么？”

小光头已钻过门帘离去，任由春风吹拂。

六

傍晚时我坐在桌前。纸拉门也敞着。旅馆的人不多，而且房子特别大。我住的房间，被重重曲折的走廊隔开了馆内本就只有寥寥数人的动静，连声音都不会干扰到我的思考。今天更是格外安静。主人和女儿、女佣和男佣似乎都在不知不觉间留下我一人离开了。若他们真的离开，想必也不是撤离到普通地方。八成是去了雾霭之地，云烟之国吧。或者，尚未发现自己是几时漂流在云水自然相连，甚至懒得掌舵的海上，白帆已航行至海天一色之境，最后连白帆自己都无法将自己与云水区隔——他们似乎就是遁入如此遥远的地方。再不然就是猝然消失于春光中以往的四大[①]，如今已成肉眼不可见的灵气，在广阔的天地间，即便借助显微镜之力也无法留下些许痕迹。抑或他们已化为云雀，在啼尽油菜花的金黄后，去了暮色苍茫紫霭氤氲之处。或者像吸血蝇完成将长日变得

① 四大是指佛教认为构成一切物体的地、水、火、风四大元素。

更长久的任务后，来不及吸取凝聚在花蕊上的甘露，便俯卧于萎落坠地的山茶花下，芬芳地长眠于世。总之非常安静。

春风空洞地穿过空洞的房子，并非出于对迎接者的道义，也不是对拒绝者的嘲讽。它自来，它自去，只是公平的宇宙自然之意。托腮支颐的我，如果心灵也像我住的房间一样空洞，春风想必也会不请自来，毫不客气地穿过。

正因脚踩的是大地，才会担心地面是否裂开。正因知道头顶的是蓝天，才会因闪电震动太阳穴而恐惧。红尘俗世催促我们，若不与人竞争就毫无立足之地因此难逃火宅[①]之苦。对于身在喧嚣尘世，不得不冒险走过利害这条钢索的我们而言，真实的恋情有害无益，肉眼可见的财富皆为粪土。可掌握的名气与可夺取的声誉，想必如同被聪明的蜜蜂为甘酿而不惜舍弃蜂针的蜜汁。所谓的欢乐，乃因物质而产生，当然也会蕴含各种苦痛。唯有诗人与画家，纯粹是咀嚼这相对世界的精华，深知彻骨的清净滋味。餐霞饮露，品紫评红，至死无悔。他们的乐趣不在于玩物，而是彻底同化成那个物。一旦化为那个物，即便找遍茫茫大地也找不到标榜自我的余地。于是可以自在地放下臭皮囊，把破斗笠翻过来盛装无限

① 火宅，佛教用语，将人世各种烦恼痛苦形容成正在被火焰吞噬的房子。

清风。之所以苦心营造出这种境界，并非为了吓唬市井之间的铜臭小儿，故作清高姿态。只不过是要宣扬个中福音，招徕有缘众生罢了。严格说来，所谓的诗境、画界本为人人生来具足之道。饶是屈指计算春秋，为白头呻吟之徒，当他回顾一生，依序检阅个人经历的波澜起伏时想必也能够唤醒微微发光的臭皮囊里，昔日那种忘我喝彩的兴致。如果声称做不到，那此人简直白活一遭。

但我并不是说唯有即一事、化一物才是诗人的关注焦点。有时化为一片花瓣，有时化为一双蝴蝶，有时或也会如华兹华斯[①]化为一簇水仙[②]，任由心情被滋润万物的和风撩乱，也有时被莫名的四周风光吸引，却连吸引自己的到底是什么都无法明确意识。有人想必会说那是触及天地正气。有人或许会声称灵台方寸听到无弦琴音。或许也有人因为难以理解，将之形容为徘徊无限之域，彷徨缥缈之中。总之要怎么形容全凭个人自由。而我，此刻倚着紫檀木桌，内心茫然的状态正是如此。

我显然什么事都没想，也的确什么东西都没看。在我的

---

① 华兹华斯（William Wordsworth，1770–1850），英国浪漫诗人。漱石自学生时代便很喜欢这位诗人。

② 一簇水仙是指他写的诗《水仙》（*The Daffodils*）。

意识舞台，没有任何带着鲜明色彩的东西活动，因此我甚至谈不上与任何事物同化。但我正在动。不动于世间，亦非动于世外。只是自然而然地动着。不为花动，不为鸟动，也不为人动，只是心神恍惚地动着。

如果硬要叫我说明，我想说，我的心只是随春天而动。我想说，敲碎一切的春色、春风、春物、春声，揉成一团，练成仙丹，溶于蓬莱灵液，被桃源仙境温煦日光蒸发的精气，不知不觉渗入毛孔，令心灵在无意识中饱和。普通的同化很刺激。正因有刺激，所以才愉快吧。而我的同化，不确定是与什么同化，所以没有分毫刺激。正因为没有刺激，所以有种深奥悠远难以名状的乐趣。那和被风捉弄掀起茫然微波的那种轻浮骚动之趣不同。或可形容为大陆与大陆之间，在看不见的数寻海底漂移的汪洋大海。只不过没那么有活力。不过那样反而幸福。伟大活力的发现往往伴随着活力不知几时会使用殆尽的隐忧。平凡的状态反倒没有这种烦恼。我一贯淡然的心情，在此刻的状态下，不仅脱离了强烈的活力是否会消磨殆尽的忧虑，也脱离了平常心无可无不可的凡俗境界。“淡”只是代表难以捕捉，并不包含过于弱小之虞。“冲融”或“澹荡”这类诗人用语，想必最能贴切道尽这个境界。

我在考虑不如将这境界入画，但肯定不会成为普通的画。

我们俗称的绘画，只是将眼前的人、事物依照本来模样，或是用自己的审美眼光过滤后，转移到画布上。只要花看起来是花，水是水，人物是人物，似乎就觉得绘画已尽其能事。如果再高出一截，在自己感受到的物象上，添加自己感受到的意趣，会让画面更淋漓生动。在自己捕捉到的森罗万象中寄寓某种特别的感触，就是这种技术家的主旨，因此他们看到的物象观如果没有明确在笔下迸发，就称不上是作画。自己亲眼观看事物，亲身感受，那种观看方式与感受方式，不是模仿前人也不受古老传说的支配，而且如果不能在作品中展现更正确、更美的主张，就不配称为自己的作品。

这两种创作家或许有主客深浅之别，但同样都是等待外界明确的刺激才动手。可我现在要描绘的题材，并不算明确。纵使我鼓舞有限的感觉，意外地物色到目标，但方圆之形、红绿之色自不待言，就连浓淡阴影、粗细线条也不见得能发现。因为我的感觉并非来自外界，就算是，也并非横亘在我视野中的固定景物，所以我无法明确告诉别人为什么。我拥有的只是感觉。这种感觉，要如何表现才能够变成一幅画——不，如何将这种感觉借助具体的事物，令他人了解仿佛才是问题所在。

普通的画就算没感觉，只要有实物便可成为画。第二种画必须物与感觉并存。到了第三种画，存在的唯有感觉，所以作画时必须慎选适合这种感觉的对象。然而这个对象并不容易找到。就算找到也不容易统整。有时即便统整了，还是与自然界的原貌大异其趣。因此普通人看了不觉得那是画。作画者自己也不承认那是自然界的局部重现。但在感性上，只要能将当下的感受传达出几分，带给观者些许激励生命的氛围，就已经算是很成功了。我不知道自古以来是否有画家在这项艰难事业中获得成绩。若要举出在某种程度上已略窥此派堂奥的画家，那就是文与可[①]的竹子，云谷[②]门下的山水。其次是大雅堂[③]的风景画，芜村的人物画。至于西洋画家，多半着眼于具象世界，大部分不会为气韵倾倒，因此能够以此种笔墨传达物外神韵者几希矣。

最可惜的是雪舟[④]、芜村等人致力描绘的某种气韵，太过单纯也太欠缺变化。就笔力而言，我当然比不上这些大师级人物，但我现在想画的心情更复杂一些。正因复杂，好像无

① 文与可（1018–1079），宋代画家，别号笑笑先生、锦江道人。擅长山水画，尤其是竹子。

② 云谷等颜（1547–1618），安土桃山时代的日本画家。继承雪舟的遗址云谷庵。云谷派始祖。

③ 大雅堂，即池大雅（1723–1776），江户中期的南画家。擅长文人画。

④ 雪舟（1420–1506），室町后期的画僧。别号云谷轩。将北画派的水墨画个性化，也画花鸟装饰画。

法将感觉尽收于画面中。我不再托腮支肘，改将双臂在桌上交叠思考但我还是做不到。我必须画出一幅有色彩、形状、律动，可以让自己的心当下意识到自己“啊，在这里”的画。就好像为了寻找失散的孩子，走遍六十余州，无论清醒入睡都在时刻惦记，有一天在十字街头蓦然相遇，电光石火之间想到“啊，在这里”。那很困难。只要能画出这种调子，别人看了会怎么说我都不在乎。就算批评这不是画，我也无怨无尤。只要色调的搭配能代表我的心情一二，线条的曲直能够表现这种气氛的几分，全体的配置能够传达这种风韵的些许，哪怕显现于形体的是牛是马，或者非牛非马，甚至啥都不是，我也在所不惜。虽然在所不惜，但我就是画不出来。我把写生簿放在桌上，思考得两颗眼珠子都快掉进簿子里了，可我还是苦思无果。

我放下铅笔思索。企图把如此抽象的兴趣入画，基本上就错了。人与人的差异没那么大，因此芸芸众生中想必有人与我有过同样的感兴，肯定曾以某种手段尝试将这种感兴化为永久。若别人也尝试过，那他们用的是什么手段？

“音乐”二字顿时浮现眼前。的确，音乐想必就是在这种时候、这种必要下被迫产生的自然之声。我这才发现，音乐是应该聆听、应该学习的东西，不幸的是，我对音乐一窍不通。

其次是诗吗？我试着踏入第三种领域探索。我记得莱辛[①]这个人曾主张，以时间的演变为条件所发生的事件，即为诗的特质，而且诗画不一，各有不同的根本定义，但是如果这样看待诗，我现在急着发表的境界也很难化为诗句。我感到喜悦的内心状况，或许有时间，却没有事件内容足以沿着时间的演变次第展开。一去，二来，二消，三生，如此而已，根本不值得喜悦。打从一开始就深奥地把住同一处的意趣才值得喜悦。既已把住同一处，好吧，就算将之翻译成普通用语，也未必需要按照时间顺序来安排材料。想必还是和绘画一样按照空间性来分配景物才能做到吧。但是问题在于到底要将何种情景带入诗中，去描写这旷然无依的情景。如能捕捉到这个，就算不按照莱辛的理论，诗本身也可成功。管他荷马如何、维吉尔[②]如何都不重要。如果诗适合呈现一种氛围，即使这种氛围受到时间限制，无法借助依序进展的事件，只要单纯地符合空间性的绘画条件，我想还是可以用文字描写出来。

他人的理论无关紧要。我已把莱辛的美学论著《拉奥孔》

---

① 莱辛（Gotthold Ephraim Lessing，1729–1781），德国剧作家、评论家、诗人。德国启蒙运动期文学代表人物。

② 维吉尔（Publius Vergilius Maro，公元前 71– 公元前 19 年），被誉为古罗马的国民诗人。

忘得差不多，所以如果有人仔细考查，或许会觉得我的说法可疑。不过总而言之，既然无法作画，那就转而写诗吧，我拿着铅笔压在写生簿上前后晃动。好一阵子，我一心只想让笔尖移动，它却偏偏不肯动。就好像忽然忘记朋友的姓名，明明那个名字已涌到咽喉可就是出不来。于是只好就此放弃，出不来的姓名，终于又沉落腹底。

好比煮葛汤时，起初汤汁清澈，筷子搅动起来很轻松。有耐心地继续搅动后，汤汁终于有了黏性，搅动的手渐渐变得沉重。但还是坚持继续搅动筷子，直到再也搅不动。最后锅中的葛粉不等旁人要求就会主动争相附着在筷子上。作诗正是如此。

毫无头绪的铅笔终于渐渐动了起来，我趁势写了二三十分钟。

青春二三月。愁随芳草长。闲花落空庭。
素琴横虚堂。蟏蛸挂不动。篆烟绕竹梁。

最后只得了这六句。我反复诵读之下，发现每句皆可作画。早知如此还不如一开始就画画。为何作诗比作画来得容易？既然已写出这些，之后应该不会太困难了。但我想接着吟咏一下画不出来的情怀。我又左思右想了半天，最后终于写出来了。

独坐无只语。方寸认微光。人间徒多事。
此境孰可忘。会得一日静。正知百年忙。
遐怀寄何处。缅邈白云乡。

我从头再看一次，虽然读来有点意思，可是比起自己刚才进入的神境，好像还差了点什么。干脆趁着有灵感再作一首吧。我握着铅笔，不经意往门口一看，一个美丽的身影，从敞开的纸门宽约一米的空间翩然闪过。奇怪了。

等我转移视线注视门口时，那抹倩影已被拉开的纸门阴影遮去一半。而且那个影子似乎在我还没看见前就已移动，当我瞥见时她早已走远。我索性丢下诗句紧盯着门口。

不到一分钟后，影子又从反方向出现了。穿着宽袖和服的窈窕女子，悄无声息，寂然走在对面二楼的檐廊。我不禁扔下铅笔，为之屏息。

春日阴霾的天空，分分秒秒笼罩而来，在随时会落雨的暮色栏杆边，那款款而去，款款而回的和服身影，与我的房间隔着十米宽的中庭，在凝重的空气中看似寂寥，忽隐忽现。

女人始终没有开口，而且目不斜视。甚至连走过檐廊时衣摆拖地的声音都置若罔闻，只是极为安静地行走。她的腰部以下色彩鲜明，下摆好像染了什么图案，但是太远了我看不清。只觉得那在底色与花纹之间自然晕开，就像白昼与黑夜的界线。女人本来就走在白昼与黑夜的界线。

拖着那么长的袖子，她到底要在长廊来来回回走几遍？我不懂。也不知道她是从几时开始这不可思议的装扮，持续这不可思议的步行。就连那个主意本身，都从一开始就令人费解。本来就费解的事，还如此端庄，如此肃穆，如此一再重复，当那身影在门口出现又消失，消失又出现时，我的感觉很异样。如果她的作为是为了倾诉对春日逝去的怨恨，为何表现得满不在乎？若是满不在乎的作为，为何又要穿上如此华丽隆重的衣裳？

即将逝去的春色婵娟美好，暂时在幽冥的入口妆点如梦似幻的色彩，其中最醒目的色彩是那金线织花锦缎腰带吗？华丽的锦衣往返于苍茫暮色中，逐渐消失在幽静的彼方。倒是颇有春夜的灿烂星斗在黎明将至时坠落深紫色天空底层的意趣。

当天界之门自动开启，仿佛要将这华丽的身影吸入冥府时，我忽然心有所感。她这身装扮本该背靠金屏风，面对银蜡烛，过着春宵一刻值千金的绚烂生活，如今却不喜不悲，与世无争，逐渐淡出现实世界，就某种角度而言简直是超自然的景象。远眺那逐步逼近的黑影，只见女人态度肃然，不急不忙，不慌不乱，保持同样的步调，似乎一直在同一处徘徊。如果她不知道即将降临的灾难，那她未免太天真。如果她知道却不当作是灾难，那更了不起。或许黑暗本来就是她的居所，只不过是将短暂的幻影收在本来的幽暗朦胧中，所以才能以如此沉静的态度，逍遥于有无之间。女人穿的宽袖和服上的花纹纷乱消失，不容分说流入黑暗中后，也隐约揭露她的本性。

我还有另一种感想。假设一个美人恬然入睡后，始终无暇醒来，就这么在迷梦之中咽下最后一口气，在枕畔看护的我们肯定会很难过吧。若是历经各种痛苦挣扎才死去，了无生趣的当事人自然不消说，旁观的亲友或许也会认命地觉得杀了她才是慈悲。可是安然酣睡的孩子犯了什么过错非死不可？在睡梦中被带去阴曹地府，等于是尚未做好死亡的心理准备就因突然的打击丧失性命。反正都是要杀死对方，不如先让对方认命地接受这是逃不掉的宿命，好好多念几句经。如果还不具备死亡的条件，唯有死亡的事实明明白白确定时，还有余暇声声念诵南无阿弥陀佛回向功德，倒不如用那声音大喊大叫，硬生生把一只脚已经踏入阴曹地府的人叫回来。本来正不知不觉从打盹步向永恒长眠的人，或许会觉得被叫回人间很痛苦，就像是被硬生生缠上刚切断的三千烦恼。或许会想，如果真的心怀慈悲就别叫我，让我安安稳稳沉睡过去吧。但是，我们还是想呼唤对方。我心想，如果下次女人又在门口出现，那我就叫住她，把她从半梦半醒中解救出来吧。但是一看到那如梦般翩然经过一米宽门口的身影，我就忽然开不了口。当我下定决心下次一定要喊她之际，她已轻飘飘走过。为何我什么都说不出口呢？这么想时，女人又走过了。枉费这边有人在偷看她，为了她忧心如焚，她却丝毫不放在心上地飘然走过。很棘手也很可悲的是，打从一开始，她就没把我这种人放在眼里。就在我想着下次一定要、一定要开口时，再也受不了的云层，终于哗哗落下迫不及待的雨丝，把女人的身影萧萧笼罩烟雨中。

七

好冷。我拎着毛巾去澡堂。

在不到五平方米的小房间脱下衣服，走下四级台阶后，就来到约十多平方米的浴池。此地似乎石材丰富，地面铺的是花岗岩，中央挖出深一米有余的凹槽，形成像豆腐店那样的浴槽。虽说是“槽”，其实同样是以石头砌成。既然名为矿泉，想必含有种种矿物质成分，但水色透明，泡起来很舒服。偶尔含在口中也没有特别的滋味或气味。据说还可以治病，但我没仔细问，不知究竟可以治疗哪种病。我本来就没有宿疾，因此并未想过温泉的实用性价值。只是每次泡在水中，不免想起白居易的诗句“温泉水滑洗凝脂”。听到温泉二字，必然会浮现这句诗呈现的愉快心情，而且我认为无法带给我这种心情的温泉完全没有温泉的价值。除了这个理想之外，我对温泉别无所求。

我把整个身子浸在水中直至胸部。不知热水是从哪涌出一直清澈地溢出浴槽边缘。春天的石头永远是潮湿的，很温暖，踩在上面心情会很平和很愉悦。雨丝掠过黑夜的眼睛，有种悄悄润泽春天的温婉，但檐下的雨滴终于开始频繁传来滴滴答答的声音。冉冉升起的蒸气，从地板到天花板笼罩每个角落，仿佛只要有缝隙可钻，就算是木纹的细孔也不放过。

清冷的秋雾，悠远的霞霭，袅袅的人间炊烟，皆将缥缈的身影寄托于辽阔长空。虽有种种感时伤怀之情，唯独抚摸被这春夜温泉的蒸气柔软包裹沐浴过的肌肤时，我甚至怀疑自己是古代的男人。虽然蒸气没有浓厚到伸手不见五指，但也没有浅淡到只要戳破一层薄绢便可轻易发现自己是凡夫俗子。戳破一层、两层、无数层也逃不出这重重烟雾，从四面八方将我一个人埋在温暖的彩虹中。只听过“醉酒”的说法，没听过“醉烟”这种说法。如果真有，当然不能用于雾，用于霞也太强烈了。唯有在这“霭”冠上春宵二字时，方才觉得妥帖。

我靠在浴槽边仰起头，尽量让躺在透明热水中的轻盈身体放松抵抗力飘然浮起。灵魂漂呀漂地如水母般漂浮。在社会上若也能保持这种心态该有多轻松。打开思辨之锁，卸下执着之门。随他去吧！何不就此在温泉中与温泉同化。流动的生命永不痛苦。若能让灵魂一同随流水而去，会比成为基督的门徒更难能可贵。的确，如果这样想，浮尸水面倒是很风雅。记得斯温伯恩[1]的某首诗中，好像写到女人欣然在水底死去的感觉。我平日最受不了米莱斯画笔下的奥菲莉亚，可现在这么观察起来也变得美丽多了。过去我一直很疑惑为何偏要选择那么不愉快的场景描绘，然而现在我发现那果然可以入画。无论是浮在水上，沉在水下，或者载浮载沉，保持那样的姿态轻松漂流的场景肯定是美的。如果再于两岸搭配各色花草，让水色与漂流者的脸色、衣服颜色达成和谐的话，肯定可以成为一幅画。但是漂流者的表情如果一派平和，那就几乎成了神话或寓言了。痉挛的苦闷嘴脸固然会破坏整幅画的精神，但毫无艳色的平静脸孔也同样显不出世俗人情。究竟该画什么样的表情才能成功？米莱斯的《奥菲莉亚》或许成功，但我怀疑他的精神是否与我相同。米莱斯是米莱斯，我是我，所以我想秉持我的兴趣，画一幅风雅的水中浮尸。但是我想要的脸孔似乎无法轻易浮现心头。

我浸泡在热水中，这次又想写一首浮尸的赞美歌。

下雨会淋湿吧．

下霜会寒冷吧。

---

① 斯温伯恩（Algernon Charles Swinburne， 1837–1909），英国诗人、评论家。

地下会黑暗吧。

要漂浮就在水上，

要沉沦就在水底，

沉浸春水应无苦楚。

当我在嘴里小声念诵、漫不经心漂浮时，不知从哪传来弹奏三弦琴的声音。若质问我不是美术家吗？那我实在惶恐，坦白讲，我在乐器方面的知识很贫瘠，管他是第二根弦升了一个音还是第三根弦降了一个音，在我听来都差不多。不过，在这安静的春夜，待在连下雨都能助兴的深山浴池中，仿佛连灵魂都漂浮在春天的温泉，能够不负责任地聆听远方的三弦琴音，着实是人生一乐。远处在唱些什么、弹奏什么我当然不知道，但其中仿佛自有情趣。从音色的沉稳观之，想必是京都的琴师演唱当地歌谣使用的那种太棹[①]。

小时候，我家门前有间“万屋”酒铺，店里有个女孩叫作阿仓。阿仓每到宁静的春日午后，一定会练习长歌[②]。每当她开始上课，我就会去院子。前面是三十多平方米的茶园，

---

① 太棹，替净琉璃表演伴奏用的三弦琴。琴身与琴弦较粗。另有中棹、细棹。

② 长歌，亦称江户长歌，以三弦琴伴奏的一种歌曲。

三棵松树在客房的东边排排站。松树是树围三十厘米的大树，有趣的是，三棵树靠在一起，这才形成有意思的形状。年幼的我只要看到松树就觉得很愉快。松下有漆黑生锈的铁灯笼，不管几时去看，都宛如不通人情的顽固老头，端坐在不知名的红石头上。我最爱盯着这个灯笼。灯笼的前后，有不知名的春草自满地青苔冒出，仿佛不识俗世纷扰，独自散发青草香气自得其乐。我在这片杂草中勉强找到容我屈膝的空间，往往就这么蹲着不动。在这三棵松树下，盯着这个灯笼，嗅闻青草香，听着远处阿仓吟唱的长歌，就是我当时每日必做的事。

阿仓如今想必早已过了新婚时代，变成黄脸婆坐在柜台算钱。不知她与夫婿的感情如何？燕子年年归来，衔泥的鸟喙，是否正忙碌筑巢？燕子与酒香总是无法自想象中切割。

不知三棵松树如今是否依然保有美好的模样？铁灯笼肯定早已坏了。春草可还记得昔日蹲踞其中的人？对于一个当时都没有开过口的人，如今自然不可能认得出来。更不可能记得曾经听过阿仓天天唱的“旅衣为铃悬”[1]。

三弦琴的声音意外地在我眼前展开一幕活动画景，正当

---

① 铃悬是苦行僧穿在袈裟外的麻衣。此句乃长歌《劝进帐》的开头第一句。

我面对令人缅怀的过去，又变回二十年前那个顽劣小童时，澡堂的门突然被人拉开。

是谁来了？我浸在水中，唯有视线转向门口。由于我把头枕在浴池离入口最远的地方，所以走下浴池的台阶隔着五六米的距离位于我的斜前方。但我抬起眼还是什么也没看见。过了一会只听见环绕屋檐的排水管的滴水声。三弦琴声不知几时已停了。

最后阶梯上好像有东西出现。照亮宽敞澡堂的，只有一盏小小的吊灯，所以隔着这样的距离，即便空气清澈透明也难以辨识。更何况被大雨阻隔，今夜澡堂的蒙蒙蒸气根本无处可逃，实在不易确认对方是谁。除非对方走下一阶，站在第二阶，正面被灯光照亮，否则男女莫辨无从出声招呼。

这时黑影往下移动了一步。脚踩的石头看似柔软如天鹅绒，若以脚步声来判断，甚至可以说根本没有动。但轮廓终于稍微浮现。我是画家，对于人体骨骼，自然在视觉方面格外敏锐。当那不知名的物体一动，我就已经醒悟自己是和女人独处于澡堂中了。

我浮在水中思忖是否该出声提醒对方时，女人的身影已在我眼前一览无遗。满室烟雾弥漫，似乎每个细小分子都含有柔和光线，当我看着那团粉红色暖意的后方，披散着如云黑发，将腰杆尽量打直的窈窕身影时，礼仪、规矩、风纪这些感觉通通被我抛诸脑后，我只是一心一意感到自己终于发现美妙的绘画主题。

古希腊的雕刻姑且不论，可我每次观赏当今法国画家呕心沥血创作的裸体画，总觉得画家极力试图描绘露骨肉体之美的痕迹太明显，所以过去总是嫌弃那种画欠缺气韵，说什么都无法接受。但我每次只是批判对方低俗，并不知道为何低俗，所以才会不自觉为了寻求解答烦恼到今天吧。如果遮住肉，就会掩藏美妙画面，可是不遮又显得猥琐。当今的裸体画，不只是将技巧停留在不遮掩的猥琐，他们似乎觉得光是如实描绘脱下衣服的模样还不够，非要把裸体推向衣冠楚楚的世间。他们忘记穿上衣服才是人类的常态，试图赋予裸体一切权能。本来十分就该足够，非要使出十二分、十五分无止境地企图强烈描绘出“这是裸体喔”的感觉。当技巧到达这种极端时，人往往会犯了强迫观众的毛病。面对美好的事物，非要处心积虑让它显得更美时，美好的事物往往反而会降低它的美感。俗谚有云“满招损谦受益”正是这个原因。

安心与天真都是代表游刃有余。游刃有余在诗、画、文章，都是必需的条件。当代艺术的一大弊端，就是所谓的文明潮流无意义地驱策艺术人士，反而画地自限动辄得咎。裸体画想必正是最好的例子。都市有所谓的艺伎，出卖色相，靠着讨好他人做生意。他们面对嫖客时，除了担心自己的容貌在对方看来如何之外，不可能发挥任何表情。每年看到的美展目录都充斥颇似这种艺伎的裸体美人。他们不仅时时刻刻无法忘记自己的裸体，而且全身肌肉跃跃欲试，极力试图向观众展示自己的裸体。

此刻在我面前娉婷出现的倩影，没有丝毫遮掩我这凡俗双眼的东西。若说她那样是常人脱下衣服的样子，等于已将她打入凡间。应该说她是从云端唤出的那一刻起就不知穿衣挥袖的神话时代人物才对。

满室蒸气在充满室内后仍不断涌现。春夜的灯光半透明地晕开，整个房间的霓虹世界浓密摇晃，一片朦胧，甚至令人怀疑头发是否为黑色，然后黑色晕开，雪白的身影逐渐自云层底下浮现。看看那个轮廓啊！

脖颈轻盈地自两方向内收缩，自然滑落肩头的线条，丰润且浑圆地弯曲，一路向下最后应会分为五指吧。隆起的双乳下方，仿佛暂时退去的水波又圆滑隆起，展现安详的腹部线条。紧绷的气势向后缩，气势的尽头，分开的肌肉为了保持平衡稍微向前倾。反向承受的膝盖这次重新打直，一路抵达弯曲的脚跟时，扁平的双脚，把所有的纠葛轻易结束在两片脚底板。这是举世最错综复杂的配置，也是举世最统一的配置。如此自然，如此柔和，如此无抵抗，如此轻盈曼妙的轮廓绝对找不到第二个。

而且这个身影并未像普通裸体那么露骨地强迫推到我眼前。一切都在化为幽玄的灵妙氛围中依稀仿佛，只不过是将充分的美感含蓄地若隐若现。宛如在泼墨淋漓间点出片鳞只爪，在纸笔之外想象虬龙之怪，具备了就艺术的角度看来非常完美的空气、暖意，与幽渺的调子。如果说仔细描绘出龙身上每一片鳞片会沦为滑稽，不刻意打量赤裸裸的肉体方有令人神往的余韵。当我看着这轮廓时，就像在看逃离桂都明月的嫦娥仙子，被彩虹追兵包围一时进退两难的模样。

轮廓逐渐明朗浮现。只要再踏出一步，好端端的嫦娥恐怕就会可悲地堕落凡尘的刹那间，绿发如破浪而来的灵龟尾巴兴风作浪。白色身影劈开盘旋的烟雾冲上台阶。女人尖声娇笑的声音响彻走廊，逐渐远离安静的澡堂。我错愕地吞了一口热水，就这么呆立池中。被惊起的水波涌向胸口，溢出池边的温泉水哗哗作响。

八

我受邀去喝茶。陪客之中有一名僧侣，据说是观海寺和尚名叫大彻。还有一位俗家人士，是二十四五岁的年轻男人。

老人的房间，就在沿着我房间的走廊向右走到底的左转尽头。房间大小约有十平方米，中央放了一张巨大的紫檀矮桌，所以比想象中更狭仄。我朝对方叫我坐的位子一看，铺的不是坐垫而是花毯。想来当然是中国货。毯子中央隔成六角形，织出古怪的房屋与古怪的柳树图案，周围是近似铁灰色的蓝色，四角染着装饰唐草花纹的褐色圆圈。我怀疑这玩意在中国是否用于房间摆设，但这样代替坐垫使用起来很有趣。正如印度的印花布或波斯挂毯之类的东西，有点朴拙之处正是价值所在，这种花毯的趣味也在它的大气。不只是花毯，所有的中国器具都很朴拙。怎么看都是特别有耐心的人种才能发明的东西。看着看着忍不住发呆，这正是可贵之处。日本则是以扒手的态度创作美术品。西洋作品大而细致，却总是脱离不了俗气。我先这么想着就座。年轻男人与我并排，占据了一半花毯。

和尚坐在虎皮上。虎皮的尾巴经过我的膝旁，虎头压在老人的屁股底下。老人仿佛将虎头的毛逐一拔下移植到自己的脸颊与下颚，留着满脸的白胡子，彬彬有礼地把放在茶托上的茶杯一一排放到桌上。

“今天寒舍难得有客人光临，所以我想请各位品茶……”说着他扭头面对和尚。

“哎，谢谢您的邀请。我也好久没看到您了，所以今天正想来拜访。”和尚说。这个和尚年近六十，圆脸，有着宛如草书大笔挥就的达摩容貌。看来应该是平日就和老人熟识。

“这位就是客人吧？”

老人颔首，拿起朱泥茶壶，往每个茶杯分别倒入两三滴带点翠绿的琥珀玉液。我感到一阵清香微微扑鼻而来。

“在这种乡下，一个人一定很寂寞吧？”和尚立刻朝我发话。

“唔。”我含糊回应。若说寂寞，那是骗人的。若说不寂寞，又需要长篇大论的说明。

“没那回事，大师。这位先生是来画画的，忙都忙不过来了。”

“噢，这样子啊，那就好。也是南宗派[1]吗？”

“不是。”这次我明确回答。就算说我画的是西洋画，这个和尚也听不懂。“不，是那种西洋画。”老人身为主人，再次替我稍作回答。

“噢，是西洋画啊。那么，就像是久一先生画的东西吗？那个我之前才第一次见到，画得倒是挺漂亮的。”

“哪里，献丑了。”年轻男人这时终于开口。

“你给大师看过吗？”老人问年轻男人。无论就遣词用字或态度看来，两人好像是亲戚。

“没有，不是特地给大师看，只是在镜池边写生时被大师撞见了。”

“嗯，这样啊——来，茶倒好了，先喝一杯。”老人说着把茶杯放到每个人面前。茶的分量不过三四滴，但茶杯非常大。湿土墙般的灰褐底色上，用焦褐的丹朱色与淡黄色，密密麻麻画出不知是图案还是花纹，甚至有点像鬼面具，乍看之下不知是什么东西。

“这是杢兵卫[2]。”老人简单说明。

---

① 南宗派，以唐代王维为始祖的水墨画流派。多半是文人，因此也指文人画。

② 青木木米（1767—1833）做的陶器。木米通称木屋佐兵卫，是京都的陶匠。

“挺有趣的。”我也简单赞赏。

“李兵卫有很多赝品——请看杯底。有署名。”老人说。

我拿起杯子，朝纸门看去。纸门温暖地映出叶兰盆栽的影子。我歪头凑近一看，的确可以看见小小的“李”字。我不认为署名在鉴赏上有那么重要，但好事者似乎特别在意这个。我没把茶杯放下，直接送到嘴边。将那浓郁芳醇、温度适中的浓稠甘露一滴一滴滑落舌尖细细品味，是闲人最惬意的韵事。普通人只当作是喝茶，其实是错的。轻轻滴在舌头上，清冽的滋味向四方扩散后几乎没有液体滑下咽喉。只有馥郁的气味从食道缓缓渗入胃中。动用牙齿会流于鄙俗。水太轻了。至于玉露，已浓郁得脱离淡水之境，浑然不知足以令下颚疲乏的硬度。这是极品饮料。如果有人抱怨失眠，就算不睡，我也想建议对方喝茶。

老人不知几时端出了青玉制成的点心盘。能将这么大块的玉雕刻得这么薄透，这么规律有序，我认为工匠的手艺值得惊叹。对着光透视，仿佛春天的日光全盘射入，就此迷失方向、失去逃出之路。盘子里最好什么也不放。

“这位客人已经鉴赏过青瓷，所以今天我想展示一下其他收藏特地取出这个。”

“哪个青瓷——嗯，是那个点心碟吗？那个我也喜欢。

对了先生，西洋画也可以画在纸拉门上吗？如果可以的话我想拜托您画一幅。”

要画也不是不可以，就是不知这个和尚是否会满意。万一我辛辛苦苦画好了，他才跟我说西洋画就是不行，那我岂不是白费工夫。

“恐怕与纸拉门不搭调吧。”

“不搭吗？也对，如果像上次久一先生画的那样，或许的确有点太花哨了。”

“我的画不行啦，那根本是涂鸦。”年轻男人频频羞愧地谦逊。

“那个叫什么的池子在何处？”我向年轻男人打听，以备哪天心血来潮去逛逛。

“就在观海寺后面的山谷，是很幽静的场所。——说来不值一提，因为我在学校时学过，所以只是为了打发时间才画两笔。”

“你说的观海寺是……”

“他说的观海寺，就是我的地盘。是个好地方喔，可以放眼俯瞰大海——在您逗留期间不妨来参观一下。放心，距离这里只有五六百米。从那个走廊，您瞧，不是可以看见寺院的石阶吗？”

“我随时可以去拜访吗？”

“那当然，我都在。这里的小姐也常去。——说到小姐，今天好像没见到那美小姐——她怎么了？老太爷。”

“大概出门去了吧。久一，她没去找你吗？”

“没有，她没来。”

“八成又自己去散步了吧。哈哈哈！那美的脚力很好。上次我去砺并办法事，在姿见桥那里——我正觉得前面那人很像她，结果果真是她。她把衣摆撩起掖在腰间，穿着草鞋，劈头就对我说，大师，您在这儿磨蹭什么，要上哪去？可把我吓了一跳，哈哈哈哈！我反问她那副打扮到底跑到哪去了，她说刚去采山芹回来，还说要分给我一点，突然就把沾满泥巴的山芹塞到我袖子里，哈哈哈哈！”

“不好意思……”老人苦笑，突然站起来，“其实我打算让您看看这个。”说着又把话题扯回收藏品。

老人从紫檀书架恭恭敬敬取下的织花缎面旧袋子，看起来好像很沉重。

“大师，您看过这个吗？”

“那到底是什么？”

“是砚台。”

“噢？什么样的砚台？”

“据说是山阳[1]的珍藏……”

“没有，这我倒是没见过。”

“还附带春水[2]的盖子替换……”

“那好像也没见过。我瞧瞧。”

老人小心翼翼解开缎面袋子的袋口，红豆色的方形石头倏然露出一角。

“颜色很好。是端溪砚吗？”

“是端溪砚，有九个鸲鸽眼[3]。”

“九个？”和尚似乎大为心动。

“这就是春水的盖子。”老人说着给他看丝绸包的薄砚盖。上面是春水亲笔写的七言绝句。

“原来如此。春水写得好。虽然写得好，书法还是杏坪[4]更高明。”

“还是杏坪比较好吗？”

“山阳好像是最差的。他虽是才子却很俗气，一点意思也没有。”

---

① 赖山阳（1780–1832），江户后期的儒学家。

② 赖春水（1746–1816），赖山阳之父，广岛藩的儒学家。

③ 鸲鸽眼，端溪砚表面的花纹是白、黄、红色大大小小的圆形石眼。形似鸲鸽（八哥）身上的白点。

④ 赖杏坪（1756–1834），赖春水之弟，江户后期安芸（广岛）的儒学家。

“哈哈哈哈！我知道大师讨厌山阳，所以今天事先就把山阳的挂幅换下来了。”

“真的？”和尚转身向后看。壁龛铺着镜板，像镜子一样擦得晶亮，放了外形模仿中国古董的青铜花瓶，瓶中插有六十几厘米高的木兰。挂轴是以发光的古旧金线织花锦缎精心装裱的徂徕[①]大幅作品。虽非绢底，但多少已有点年头了，所以字的巧拙姑且不论，纸张的颜色和周围裱褙的布料相当协调。那种织花锦缎刚刚织好时，想必没有那么古色古香，可是色彩褪去，金线发黑，华丽的外表磨损后，反而凸显出典雅的味道，才能搭配得那么和谐吧。焦茶色的砂壁，衬托得白色象牙卷轴格外鲜明，除了前方那瓶木兰向两旁伸展的枝丫柔和地浮现，壁龛整体的韵味太过沉静反而显得阴森。

“是徂徕吗？”和尚仰着头说。

“您或许也不太喜欢徂徕，不过我想总比山阳好。”

“徂徕比山阳好太多了。享保年间的学者就算字写得不好，至少还算有气节。”

“如果广泽[②]是日本的书法大家，那我就等于是汉人的拙

---

① 荻生徂徕（1666-1728），江户中期的儒学家。

② 细井广泽（1658-1735），江户中期的儒学家、书法家。门下弟子辈出。

劣写手——这句话就是徂徕说的吧？大师。”

“我不知道。我那笔字还不足以如此狂傲，哇哈哈哈！”

“对了大师，您是跟谁习的字？”

“我吗？禅僧不看书也不习字喔。”

“可是，总有个学习对象吧？”

“年轻的时候学过一点高泉的字。就只有这样。不过有人来求字时我随时可以写。哇哈哈哈哈！对了，那个端溪砚给我看一下。”和尚催促。

锦缎袋子终于拿掉了。举座的视线都落在砚台上。厚度约六厘米，所以等于比普通砚台厚了一倍吧。宽十二厘米长十八厘米，可以算是普通尺寸。盖子直接用松树皮磨去鳞纹制成，上面用朱漆写了两个我看不懂的字体。

“这个盖子，”老人说，“这个盖子，不是普通盖子，所以如您所见，虽然的确是松树皮……”

老人的眼睛看着我。但松皮盖子不管有什么典故，身为画家的我都不太欣赏，因此我说：

“松皮盖子有点俗气。”

老人像要叫我别说了似的举起手：

“如果只是松皮盖子，的确俗气，但这个不同。这是山阳在广岛时剥下院子那棵松树的树皮亲手制成的。”

原来如此，我心想，山阳果然是个庸俗的男人，于是我毫不客气地反驳：

“既然要自己制作，应该做得更朴拙一点才对。好像犯不着故意把这鳞纹的部分磨得如此光滑吧。”

“哇哈哈哈哈！就是啊，这个盖子看起来太廉价了。”和尚当下赞同我的意见。

年轻男人怜悯地看着老人的脸。老人有点不高兴地拿开盖子，底下终于露出砚台的庐山真面目。

如果这个砚台有足以令观者瞠目的特异之处，大概就是工匠在表面雕刻的图案了。中央有块如怀表那么大的圆形，雕得与砚台边缘差不多高，这是蜘蛛的背部。从中央朝四方弯曲伸出八只脚，脚尖各自抱着鸲鹆眼。剩下一个鸲鹆眼在背部中央，看似滴下黄汁般晕开。除了背部、脚与边缘，其他部分几乎都挖空三厘米深。装墨汁的地方想必不是这个堑壕的底部。就算注入一合的水，也不够填满这个深度。想来应该是从水盆用银勺舀起一滴水，滴在蜘蛛背上，然后再用珍贵的墨条研磨吧。否则徒有砚台之名，其实只不过是文具装饰品。

老人垂涎欲滴地说：

“请看这纹理，还有这鸲鹆眼。”

的确，这颜色越看越有味道。如果在那带着清凉润泽感的表面轻呵一口气，水气八成会立刻凝结，形成一朵云吧。尤其惊人的是鸲鹆眼的色泽。与其说是鸲鹆眼的色泽，更像是在石眼与底色的交接处逐渐变换色彩，肉眼甚至完全看不出是几时变色的。若要形容，大概就像是在紫色的蒸羊羹深处，将扁豆镶嵌在隐约可见的地方。说到鸲鹆眼，只要能有一两个就会受到异常重视，多达九个更是几乎前所未见。而且九个石眼是以等距离排列，仿佛是人工制造，也难怪会被称为天下第一的珍品。

“原来如此，的确精彩。不只是看起来舒服，这样摸起来也很愉快。”说着，我把砚台交给身旁的年轻男人。

“久一看得懂那种东西吗？”老人笑问。

久一有点自暴自弃：“我当然不懂。”

虽然他愤愤放话，但他或许察觉把看不懂的砚台放在自己面前打量太浪费，于是又拿起来还给我。我又仔细抚摸了一遍后，最后才恭恭敬敬还给和尚。和尚牢牢捧在手心看了半天后，似乎还觉得看不够，毫不客气地拿灰色僧袍的袖子摩擦蜘蛛背，频频玩赏发出光泽的地方。

“老太爷，这个颜色实在是好啊，您用过吗？”

“没有，我不舍得随便用，所以买来至今还没用过。”

“我想也是。这种东西即便在中国也很珍贵吧？老太爷。”

“是啊。”

“我也想要一个。干脆拜托久一先生吧。拜托你帮我买一个好吗？”

“嘿嘿嘿嘿。恐怕还没找到这种砚台，我就先死了。”

“现在的确不是谈砚台的时候。对了，你几时出发？”

“两三天之内出发。”

“老太爷。您就送他到吉田嘛。”

“若是平时，我年纪大了，肯定不会这么做，不过今后说不定没机会再见面，所以我也正打算送他一程。”

“伯父不用送我没关系。”

看来年轻男人是这个老人的侄子。难怪两人长得有点像。

“没事，就让老太爷送吧。反正坐船去容易得很。对吧，老太爷？”

“对，如果走山路会很辛苦，但是坐船的话就顶多绕点路……”

年轻男人这次没有推辞，只是默不吭声。

“要去中国那边吗？”我随口问了一下。

“对。”

我对他这简短的一字答复有点不满足，但是也没必要追根究底，所以就算了。看看纸拉门，兰草的影子已稍微偏移了位置。

“没什么，我告诉您吧。还不是因为这次战争——他本来就是志愿兵，所以受到征召。”

老人代替当事人，告诉我青年不日即将前往中国东北的命运。在这个如诗如梦的春日乡里，我一心以为只有鸟会啼，花会落，温泉会涌现，实则大错特错。现实世界已翻山越海，追近这只有平家后裔[1]隐居的古老孤村。染红朔北旷野的血海，他日说不定有数万分之一是从这个青年的动脉喷出，搞不好会从这个青年腰上挂的长剑尖端化为血雾挥洒。但这个青年，此刻坐在除了做梦之外对人生找不到任何价值的一介画家身旁。二人挨得很近，如果竖起耳朵甚至可以听见胸口的心跳声。在那心跳之中，说不定现在早已响起席卷百里平野的高潮。命运之神只是猝然让二人共聚一堂，除此之外什么也没说。

---

① 源平一役战败后的平家余党，据说为躲避追兵隐居于乡间深山，在日本各地都有类似的传说。

九

“你在看书吗？”女人说。

回到房间后，我把绑在折叠椅上带来的书抽出一本阅读。

“请进。没关系。”

女人毫无顾忌，大剌剌地走进来。暗色的假领片中，鲜明地露出形状优美的颈子颜色。女人在我面前坐下时，颈子和假领片的对照首先映入眼帘。

“是西洋书吗？想必内容很艰深吧？”

“不会。”

“不然书里写些什么？”

“这个嘛，其实我也不太清楚。”

“呵呵呵呵。所以你正在钻研吗？”

“不是钻研。只是在桌上这样摊开随便看看摊开的这一页。”

“那样有趣吗？”

“那样很有趣。”

“为什么？”

“这还用说吗，小说这种东西，就是要这样阅读才有趣。”

“你可真是怪人。”

“对，是有点怪。”

“从第一页开始看为什么就不行呢？”

“如果非得从第一页开始看，不就得看到最后一页为止吗？”

“好奇怪的论调。看到最后一页又有什么不好？”

“当然没什么不好。如果想看故事情节，就连我也会这么做。”

“不看故事情节要看什么？除了故事情节之外还有什么可看的？”

我心想女人果然就是女人。我忽然想考验她一下。

“你喜欢小说吗？”

“我吗？”女人停顿了一下，然后才含糊回答，“这个嘛……”看来好像不太喜欢。

“是喜欢还是讨厌，恐怕自己也不知道吧！”

“小说那种东西看不看都一样……”她的眼神显然完全不认同小说的存在。

“那么，就算从头看起，或是从结尾看起，或是随便翻开一页随便看，又有什么关系？你又何必觉得不可思议？”

“可是，你和我不同。”

“哪里不同？”我盯着女人的眼睛。我要考验的就是这里，但女人的双眸纹风不动。

“呵呵呵呵，你不懂吗？”

“不过，你年轻的时候应该看过不少书吧！”我放弃直来直往的攻势，稍微迂回而行。

“我以为自己现在也很年轻呢。想想真可怜。”放出去的老鹰又偏离了轨道没抓到猎物，真是片刻都不能大意。

“只有老人才会在男人面前讲那种话哟。”我总算又把话题拉回来。

“你自己不也年纪不小了？就算年纪那么大，还是满口情呀爱呀长青春痘什么的，那样子有趣吗？”

“对，很有趣，到死都很有趣。”

“是吗？所以才会成为什么画家吧。”

“没错。因为是画家，所以没必要把小说从头看到尾。不过，无论看哪一段都很有趣。和你说话也很有趣。我甚至巴不得在此停留期间天天跟你聊天。就算爱上你也行。那样会更有趣。不过纵然再怎么迷恋你也没必要与你结为夫妻。唯有在爱上了就必须结为夫妻时，才有必要把小说从头看到尾。”

“如此说来，爱人的方式不讲人情才算是画家啰？”

“不是不讲人情。是爱人的方式非人情。小说也要以非人情的方式去阅读，情节根本不重要。像抽签一样，啪地随手一翻，翻到哪里就看哪里，这样子才有趣。”

“原来如此，听起来的确有趣。那么，把你现在正在看的部分说给我听听。我想知道出现了什么样的有趣内容。”

“不能说。就像画也是，说出来就一文不值了。”

“呵呵呵呵，那你念给我听。”

“用英语吗？”

“不，用日语。”

“用日语朗读英语内容太困难了。”

“有什么关系，那样才非人情。”

我认为这倒也是一种乐趣，于是应她所请，开始用日语断断续续朗读那本书。如果世界真有非人情的阅读方式，肯定就是这样。聆听的女人当然也是以非人情的态度聆听。

“从女人那里吹来温情之风[①]。从声音，从眼睛，从肌肤吹来。被男人搀扶走到船尾的女人，是为了眺望傍晚的威尼

---

① 这段是出自乔治·梅瑞狄斯的小说《比尤坎普的职业》（*Beauchamp's Career*）第八章的“亚得里亚海的一夜”。

斯吗？搀扶的男人是为了让闪电般的热血在自己的血管沸腾吗？因为非人情，所以我念得很随意。或许处处皆有遗漏。”

“无所谓。视你的需要添加亦无不可。”

“女人与男人并肩倚靠船舷。二人之间的距离，比被风吹起的缎带宽度还窄。女人与男人一同向威尼斯告别。威尼斯的道奇宫殿如今宛如第二次日落，带着微红的光晕逐渐消失……”

“道奇是什么？”

“是什么都不重要。那是以前威尼斯统治者的名字。不知传承了多少代。那座宫殿至今仍在威尼斯。”

“那么男人和女人又是谁？”

“我也不知道他们是谁，所以才有趣呀。之前的关系压根不重要。就像你和我，现在这样在一起的当下这一刻才有趣味。”

“是这样吗？他们听起来好像是在船上。”

“管他在船上或山上，反正书上怎么写你就怎么听。如果非要追问究竟那就变成侦探了。”

“呵呵呵呵，那我不问就是了。”

“一般小说全是侦探发明的。因为没有非人情的部分，所以一点趣味也没有。”

“那我就继续听非人情的下文吧。后来呢？”

“威尼斯沉没，再沉没，最后只剩下划过天空的一抹淡淡线条。线条断了，变成点。蛋白石似的天空中有圆柱到处耸立。最后连最高的钟楼也沉没了。女人说，沉下去了。离开威尼斯的女人心情自由如风。可是隐没的威尼斯，带给不得不再次归来的女人羁绊的苦闷。男人与女人望向黑暗的海湾。星星越来越多。温柔荡漾的海面没有溅起泡沫。男人拉起女人的手，仿佛握住鸣响不已的琴弦……”

“听起来好像也没有那么非人情嘛。”

“哪里，这还是能够用非人情的方式倾听的。不过如果你不喜欢，我可以稍微省略。”

“没事，我无所谓。”

“我比你更无所谓。然后，呃，内容变得有点艰涩了。该怎么翻译——唉，很难读。”

“如果不好读，就跳过吧。”

“好，那我就马虎着读。——女人说仅此一夜。一夜？男人问。只限一夜太无情了，不如多几夜吧。”

“这是女人说的还是男人说的？”

“是男人说的。女人应该不想回威尼斯吧。所以男人才这样安慰她。——在深夜的甲板上枕着缆绳躺卧的男人，记忆在那一瞬间，宛如一滴热血的瞬间，牢牢抓住女人那只手的瞬间，如惊涛骇浪起伏。男人仰望黑夜，同时下定决心，一定要把女人救出被迫结婚的深渊。如此下定决心后，男人闭上眼——”

“女人呢？”

“女人仿佛迷失方向，却不知自己误入何处。仿佛被掳向天空的人，只有满心的不可思议——接下来有点不好读。无法组成句子。——只有满心的不可思议——好像缺少动词。”

“何必放什么动词？那样就足够了。”

“啊？”

轰隆一声，满山的树木乱响。我们不禁面面相觑，顿时桌上小花瓶插的山茶花开始簌簌摇晃。

“地震！”女人小声叫喊，屈膝靠近我的桌子。我俩的身体几乎相互厮磨。一只雉鸡吱吱尖叫从竹林振翅飞起。

“是雉鸡。”我看着窗外说。

“在哪里？”女人歪倒的身体靠过来。我的脸与女人的脸几乎贴在一起。女人细小的鼻孔喷出的呼吸掠过我的胡子。

“非人情喔。”女人顿时端正姿势，一边冷然说道。

“那当然。”我不假思索回答。

岩石凹陷处的一汪春水受到惊吓，迟钝地缓缓晃动。地底岩盘的鸣动，令满泓池水自水底掀起波涛，却仅在表面画出不规则的曲线并没有任何破碎之处。若有“圆满而动”的说法，想必适用于这个场合。静静在水面落下倒影的山樱，随水忽伸忽缩，忽弯忽扭。然而有趣的是，不管如何变化，还是分明保有山樱的姿态。

“这倒是很愉快。美丽又变化多端。不这样动就没意思了。”

“人如果也是这样动，肯定怎么动都没问题。”

“如果不是非人情，就无法这么动喔。”

“呵呵呵呵，你可真喜欢非人情。”

“你应该也不排斥吧？就像昨天的宽袖和服……”我说到一半。

“那你要给我一点奖励。”女人忽然向我撒娇。

“为什么？”

“是你说你想看，我才特地穿给你看的。”

“我有吗？”

“听说翻山越岭而来的画家先生特地这么拜托茶店的阿婆。”

我一时之间不知该如何回答。

女人当下又说：“这么健忘的人，就算真诚对待也是白费心意。”这句话似嘲讽，似埋怨，又好似迎面射来的第二箭。局势渐渐于我不利，却不知该在哪里扳回局面，一旦被对方抢先，再难找到可乘之机。

“那么昨晚在澡堂，也是完全出于亲切吗？”我总算在危急关头振作了。女人缄默。

“真对不起。那我送点东西聊表心意吧。”我尽可能地抢先说。尽管如此并没有占到任何便宜。女人不以为意地眺望大彻和尚的匾额。

“竹影拂阶尘不动。”

她在口中静静念完后又转身面对我，但她忽然像是想起什么：“你刚才说什么？”

她故意大声问。我才不吃那一套。

“刚才我见到那个和尚了。”我像被地震晃动的池水般做出“圆满而动”的响应。

“观海寺的和尚吗？他很胖吧？”

“他叫我在纸门上画西洋画。禅宗和尚好像总爱说些莫名其妙的话。”

“就因为那样，才会那么肥胖吧。”

“另外，我还见到一个年轻人……”

“是久一吧！”

“对，就是久一君。”

“你知道的真多。”

“哪里，我只知道他是久一君。除此之外什么也不知道。因为他好像不爱说话。”

“怎么会，他是不好意思。因为他还是个孩子……”

“孩子？他不是跟你一样大吗？”

“呵呵呵呵，是吗？他是我的堂弟，这次要去战地，所以来辞行。”

“他住在这里吗？”

“没有，他住在我哥哥家。”

“那么，他是特地来喝茶的？”

“比起喝茶他更爱白开水。其实我父亲可以不用叫他来，却偏要喊他，他肯定跪坐得两脚发麻很困扰。如果我在场，早就叫他回去了……”

“当时你去哪里了？和尚还问起你喔，说你是不是又一个人去散步了。”

“对，我在镜池边绕了一圈。”

“那个镜池，我也想去……”

“你去吧。”

“那是适合画画的地方吗？”

“是适合跳水自杀的地方。”

“我暂时还不打算自杀。”

“我说不定近日之内就会自杀。”

以女人而言这个玩笑太大胆了，所以我猛然抬起头。女人意外冷静。

“我投水自杀浮尸的样子——不是痛苦挣扎的样子——是安详死去浮尸水面的样子——请你画成美丽的图画。”

“啊？”

“吓到了，吓到了，吓到你了吧！”

女人翩然起身。走出三步就到的房门口时，扭头对我嫣然一笑。我茫然良久。

十

我来到镜池。沿着观海寺的小路，从杉林走下山谷，还没爬上对面的山，路就一分为二，自动围绕镜池。池畔有很多山白竹。有些地方的竹子甚至是左右交错丛生，经过时几乎不可能不发出声音。从树木之间看过去，可以看到池水，但是始于何处终于何处必须先绕过去才知道。走过去一看，池子意外地小。恐怕不足三公顷。只是形状非常不规则，到处皆有岩石自然横卧水畔。边缘的高度，也像池子的形状难以名状，随着水波拍岸，不规则地呈现各种起伏。

池边有很多杂树。数不清有几百棵。其中，也有的尚未萌生春芽。枝叶较不茂密处，依然可以照到和煦的春阳，甚至长出了杂草。草丛之间隐约可见堇菜的稀疏淡影。

日本的堇菜仿佛在沉睡。与西方人用来形容它的那句“宛如天外奇想”并不吻合。这么一想，我顿时驻足。一旦停下脚，可以在原地待到厌烦为止。能够这样做的，是幸福的人。如果在东京做出这种举动，立刻会被电车辗毙。不被电车辗毙也会被警察驱赶。都市就是把安分的老百姓当成乞丐，付给宛如扒手老大的侦探高额月薪的地方。

我一屁股坐在如茵绿草之上。若是这里，就算坐上五六天不动，也不必担心有谁抱怨。大自然的可贵就在于此。虽然发生天灾时毫不容情也不留恋，但绝对不会露出看人下菜碟的那种轻薄态度。不把岩崎和三井那些大财团放在眼里的人比比皆是，可是能够冷然将古今帝王的权威等闲视之的恐怕只有大自然。大自然的德行高高超越红尘俗事，无边无际地树立绝对的平等观。与其和无聊的世人为伍徒然招惹泰门①之怒，不如滋兰九畹，树蕙百亩，独自坐卧其间方为上策。世人总是喜欢讲求公平、无私。如果真有那么重要，何不日屠千名小贼，将他们的尸首充作满园花草的肥料。

思绪好像落入理性的窠臼变得很无趣。我可不是为了提炼这种中学程度的感想才专程来到镜池。我从袖子掏出香烟，点燃火柴。虽有手感却不见火光。我把敷岛香烟凑到嘴边一吸，烟从鼻子冒出。原来如此，我这才发现确实吸到了香烟。火柴在短小的烟草中，冉冉冒出宛如雨龙的细烟，旋即寂灭。我变换位置，渐渐来到水边观看。草地

① 泰门（Timon），莎士比亚的作品《雅典的泰门》的主角，本来是富有而仁慈的雅典贵族，后因受到众人阿谀欺骗散尽千金变得愤世嫉俗。

自然延伸至池中，我在双脚几可浸到温暖池水的地方驻足，低头窥探水中。

就目光所及之处看来水并不算深。沉在水底的细长水草已经往生。除了“往生”我不知该如何形容。若是山丘的芒草，会懂得迎风摇曳。若是水中的水藻，会等待水波的款款邀约。可是等待百年也纹风不动一直沉在水底的水草，蓄势待发，不分朝夕，在被人拨弄的期待中度过，等了又等，将一代又一代的思绪蕴藏在茎端，至今依然动弹不得，却又似乎只能半死不活地挨着。

我站起来，从草中捡了两枚大小适中的石子。就当作是做善事，朝前方抛出一枚。水面咕噜咕噜冒出两个水泡，旋即消失了。旋即消失了，旋即消失了，我在心里反复说。放眼望去，约有三茎长发似的水草正在水中慵懒摇曳。仿佛害怕被发现，混浊的池水自底下涌来掩藏。南无阿弥陀佛。

这次我心一横，死命往中央抛。扑通响起低微的一声。我对安静的水面置之不理，也不想再丢石子了。我放下画具箱与帽子径自向右转。

我踮脚向上走了三四米。头上有大树亭亭笼罩，身体忽然发冷。对岸的阴暗处有山茶花绽放。山茶的叶子太绿，即便白天在阳光下看到，还是毫无轻快感。尤其这山茶树长在岩石角落后方五六米外，安静地丛生在如果没有开花还真不会注意到的地方。说到那个花！就算数上一整天也绝对数不完，但那种鲜艳只要看到了一定会想计数。纯粹就只是艳丽，毫无明朗之感。仿佛倏然燃烧，教人忍不住被吸引，之后又感到莫名地惊心动魄。从未见过那么唬人的花。每次看到深山的山茶花我总会联想到妖女的风姿。她用乌溜溜的黑眼珠引人上钩，不知几时嫣然将毒素吹进血管。等你醒悟自己受骗时已经太迟。对面的山茶花映入眼帘时，我心想，唉，早知道就不看了。那个花的颜色可不是普通的红。在醒目的绚丽背后，带有难以言喻的沉郁氛围。悄然萎靡的雨中梨花，只会惹人怜。冷艳的月下海棠，只令人感到可爱。然而山茶花沉郁的调子截然不同，那是黑暗、有毒气、带有可怕味道的调子。虽拥有这种调子的基底，表面上却装得一派绚烂艳丽。而且既无向人谄媚之态，亦无格外撩人之姿。倏然开，倏然落，倏然落，倏然开，数百年星霜，就这样在无人注目的山中沉静度过。总之只要看上一眼就完了！凡是看到的人从此永远无法逃脱她的魔力。那个颜色不是普通的红色。仿佛是被屠杀的囚犯流淌的鲜血，自行惹人注目，自行令人不悦，是一种异样的红。

正在看着时，忽有一朵红花落在水上。静谧的春天里，在动的只有这一朵。过了一会，又有一朵倏然坠落。那朵花孤傲地绝不散落而下。不像是凋谢飘零，更像是整朵离开枝头。离开枝头时，似乎一旦离开就毫不留恋，但坠落之后依然保持完整花形，又显得有点毒辣。又是一朵坠落。那样坠落久了，迟早会染红池水吧。花朵静静漂浮的地方现在就已经好像有点变红了。又一朵坠落。落花安静地漂浮，甚至令人分不清究竟是坠落地上还是坠落水上。又一朵坠落。我怀疑它可曾沉到水底。年年落尽几万朵山茶花，沾水之后，色彩溶解，腐烂成泥，这才终于沉落水底吗？几千年后，这座古池，在无人知晓之际，说不定被山茶的朵朵落花掩埋，就此恢复原有的平地。又有一朵大的，宛如染血的灵魂坠落。又一朵坠落。花朵簌簌坠落。无止境坠落。

如果画出美女浮尸于这种地方，不知如何？我一边思考一边回到原位，再次抽烟，茫然沉思。温泉场的那美小姐昨天开玩笑说的话，波涛起伏地自我的记忆中涌现。我的心情如巨浪上的一片板子晃动不定。我想用那张脸为主题，让它漂浮在那山茶树下，上方又有几朵山茶花纷纷坠落。我想呈现出山茶花永恒凋落，女人永恒浮于水中的感觉，但我能够把它画出来吗？在那本《拉奥孔》——《拉奥孔》不重要，无论是否违背原理，总之只要有那种心情就够了。但是不脱离人性又要表达超越人性的永恒感并不容易。首先，脸孔就是个问题。即便可以借用那张脸孔，她那种表情也不对。苦痛过强会破坏一切，可是傻乎乎地一派轻松更糟。干脆改用别的脸孔吧？我屈指将能够想到的脸孔一一算来，但总觉得不理想。好像还是那美小姐的脸孔最合适。但那样还是少了些什么。虽然我察觉到少了些东西，却连自己也不明白到底缺少的是什么。因此我无法凭自己的想象随便更改。如果加上嫉妒会如何？嫉妒带有过多的不安。那么憎恶呢？憎恶太过强烈。愤怒？愤怒只会彻底破坏和谐。怨恨？若是春恨这种诗情画意的情绪自然另当别论，可纯粹是怨恨的话就太俗气了。想来想去，最后我终于发现答案。在众多情绪之中，我忘了“怜悯”这个字眼。怜悯是神不懂的情绪，而且是最接近神的凡人之情。那美小姐的表情中丝毫没有出现这种怜悯。就是那个让我感到少了什么。想必唯有在某种冲动下，这种情绪闪现在她眉睫的瞬间，我的画作才能真正完成。但是——我不知几时才能见到她出现那种情绪。她的脸上平时洋溢的，只有瞧不起人的微笑，以及一心只焦急想要胜过别人的八字眉。如果只有那些表情，根本不管用。

沙沙的脚步声响起。我心里的构图只勾勒了三分之二就瓦解。定睛一看，穿着窄袖服装的男人，背着柴火，从竹林朝观海寺跋涉而来。大概是从隔壁山上下来的。

“天气真好。”他拿起汗巾鞠躬打招呼。一弯腰，挂在棉布腰带上的柴刀就冷然发光。这是个年约四十的壮汉。好像在哪儿见过。男人对我像老熟人一般地态度亲密。

“先生也画画吗？”我的画具箱是敞开的。

“对。我想画这个池子，不过这里真冷清。都没人经过。”

“是啊。毕竟是在深山里……先生，在岭上遇到那场大雨，一定很困扰吧！”

“啊？嗯？你是当时的马夫。”

“是啊。我都是这样砍柴送去城里。”源兵卫卸下柴火，坐在上面。他取出烟盒。烟盒很老旧，看不出是纸做的还是皮革做的。我顺手把火柴借给他。

“每天翻越那种山岭很辛苦吧！”

“没事，已经习惯了——而且也不是天天翻越。三天一趟，有时四天才走一次。”

“四天一次我也敬谢不敏。”

“哈哈哈哈！因为怕马太累了，我才拖到第四天去。”

“那真是不简单。马比自己还宝贝啊。哈哈哈哈！”

“也没到那种地步啦……”

“对了这池子好像历史悠久。到底是什么时候开始有的？”

“从以前就有了。”

“从以前？到底是多久以前？”

“好像是很久很久以前。”

“看来真的是很久很久以前啊。原来如此。”

“据说从以前，志保田家的小姐投水自杀时就有了。”

“志保田？你是说那个温泉馆的？”

“是啊。”

“小姐投水自杀？她不是好端端地活着吗？”

“不对。不是那位小姐。是很久以前的小姐。”

“很久以前的小姐。那是什么时候的事？”

“反正就是很久很久以前的小姐……”

“那个以前的小姐为何投水自杀？”

“那位小姐，据说也像现在这位小姐一样是个美人喔，先生。”

“嗯。”

“结果有一天，来了一个梵论字……”

“‘梵论字’是指虚无僧[①]吗？”

“是啊。就是那种吹尺八的虚无僧。那个僧人在志保田

---

① 虚无僧，属于日本禅宗派系之一的普化宗，吹奏尺八（一种长笛）四处云游，比照印度佛教不剃发，是半僧半俗之僧。

的村长家中逗留时，那位美丽的小姐爱上了他——这或许是命中注定吧，总之小姐坚持非要嫁给他不可，还哭了。”

“哭了。嗯——”

“可是村长不答应。他说僧人不能当女婿。终于把人赶走了。”

“赶走那个虚无僧吗？”

“是啊。于是小姐也尾随僧人一路追到此地——就在对面可以看到松树的地方跳水自杀了，——最后事情闹得很大。当时据说她带了一面镜子，所以这个池子至今仍叫作镜池。”

“噢——那，已经发生过投水自杀的事啊。”

“说来真是不像话。”

“那是几代以前的事？”

“据说是很久很久以前。还有——我偷偷告诉您一个秘密，先生。”

“什么？”

“那个志保田家，代代都会出现疯子。”

“噢？”

“这一定是诅咒。大家都在议论，现在这位小姐，最近好像也有点不正常。”

“哈哈哈哈，应该不至于吧。”

“不至于吗？可是她母亲也同样有点不正常。”

“她母亲也在家吗？”

“不，去年过世了。”

“嗯。”我看着烟蒂冒出细细的青烟，缄默不语。后来，源兵卫背起柴火走了。

我是来画画的，如果老是在想这种事或听这种传闻，就算耗上再多天也画不出一幅画。既然已把画具箱带来了，今天说什么都得先画出草稿。幸好，对面的景色大致还算是完整。我就稍微画一下那个，意思一下吧。

高约三米有余的苍黑岩石，笔直地从池底冒出，峥嵘耸立在深邃池水的转角，右侧是那片竹林，从断崖上方直至水边，毫无缝隙地密密丛生。上方有三人才能合抱的大松树，缠绕藤蔓的树干歪斜着扭曲，一半以上的树干都伸向水面。怀里藏着镜子的女人，当初就是从那块岩石跳入水中吧。

我坐在折叠椅上，放眼环视可以入画的题材。松树，竹林，岩石与水，但我不知水该画到哪里为止。岩石的高度若有三米，影子同样也有三米。而竹子鲜明地倒映在水底，倒叫人诧异难道竹子不只生在水边，甚至茂密地衍生到水中？至于松树那直耸天际的高度必须仰望，影子也同样细长。光是映在眼中的大小就无法收入画中。干脆不画实物只画影子想必也别有趣味。画池水，画水中倒影，然后再拿给别人看，说这是一幅画，对方肯定会很惊讶吧。但光是吓人一跳没意思，必须让人惊艳地服气这的确是一幅画才有意思。该怎么构思画面呢？我一心一意凝视池面。

说来奇怪，光是眺望影子完全无法形成画面。我想与实物比较之后再下功夫。我的视线从水面一转，缓缓向上移。对着三米高的岩石，从倒影的顶端看到水边的交界，再从交界处逐渐到水上。从岩石的湿润程度到嶙峋皱褶的模样，逐一玩味着渐渐向上望去。最后我的视线终于攀升到顶端，当目光抵达岩石的顶点时，我仿佛被蛇盯上的青蛙，蓦然失手摔了画笔。

背对绿枝掩映的夕阳，在晚春迟暮为苍黑岩顶染上的色彩中，楚楚织出一张女人的面孔——正是那个在花下令我惊讶，幻影令我惊讶，宽袖华服令我惊讶，在澡堂也令我惊讶的女人。

我的视线盯着女人苍白的面孔中央就此无法动弹。女人尽量伸展修长的身躯，站在高高的岩石上动也不动。就在这一刹那！

我不由跳起。女人翩然扭身。才见她的腰带之间有艳红如山茶花的东西倏然闪过，她已朝那边纵身一跃。夕阳掠过树梢，微微染红松干。山白竹益发青翠。

我又被吓了一跳。

十一

我在山里的朦胧月色中乘兴漫游。我登上观海寺的石阶，一边想出“仰数春星一二三”这句诗。我并没有事要去找和尚，也不打算找和尚闲聊。只是偶然走出旅馆信步闲逛，不觉来到这石阶下。我摸着“不许荤酒入山门”这块石头站了一会，忽然心情大好，遂抬脚拾级而上。

在《项狄传》[①] 这本书中写着，没有比此书更符合神明旨意的写法。第一句好歹是靠自己写出来的。之后却完全是心中记念着神，任由笔尖自己流动，要写什么连自己都不知道。执笔的虽是作者本人，书写却是由神负责。因此责任似乎不在作者身上。我的散步也完全比照这个模式，是不负责任的散步。但我不依赖神，这点更不负责任。斯特恩在免除自己责任的同时也把责任转嫁给天上的神。我没有神可以转嫁，

① 《项狄传》（*The Life and Opinions of Tristram Shandy, Gentleman*）是英国小说家斯特恩（Laurence Sterne，1713–1768）写的小说。漱石在《江湖文学》（明治三十年三月）撰文介绍过这本小说。

只好把它弃于沟渠。

要走石阶也不能费力地走上去。如果太费力，我宁愿立刻回头。走上一阶停伫时莫名愉快，所以才想走第二阶。到了第二阶忽然想写诗。我默默看着自己的影子，被石块遮住断成三截看起来很奇妙。因为奇妙所以我继续向上走。我抬头望天。睡眼惺忪的天幕深处，小星星频频眨眼。我觉得可以成诗，又往上走。就这样，我终于走到顶上。

在石阶上我想起以前去镰仓[1]玩，四处寻找所谓的五山时，记得是在圆觉寺内的小寺院吧，同样也是这样缓缓踩着石阶走上去，结果从门内出来一个穿着黄色袈裟、脑袋扁平如扇形的和尚。我往上走，和尚向下走。错身而过时，和尚厉声问我要去哪里。我回答只是在院内参观，同时停下脚，和尚顿时不客气地撂下一句“这里什么都没有”，随即大步走下去。他的态度太洒脱，我觉得好像被他抢先了一步，不禁转身站在石阶上目送和尚，和尚那扁平的大脑袋晃来晃去，最后终于隐没在杉林之间。其间一次也没回过头。原来如此禅僧果然有趣。动作真是干净利落啊，我缓缓走进山门，一看之下，宽敞的禅房与正殿都空荡荡，不见人影。那时我衷心感到喜

---

① 禅宗寺格最高的五寺包括镰仓的建长、圆觉、寿福、净智、净妙这五寺，皆为镰仓市内临济宗的寺院。

悦。世上竟有如此洒脱的人，如此洒脱地对待他人，这么一想不禁心情开朗。并不是因为我了解禅学，我对禅一窍不通，只是很欣赏那个扁平大脑袋和尚的所作所为。

人世间充满死缠烂打、心肠恶毒、小家子气，而且厚颜无耻的可憎小人。甚至有人连本来为何来到世间都不知道，而且那种人偏偏脸面特别大，似乎将承接浮世之风的面积特别多视为一种荣誉。五年十年地跟在别人屁股后头侦查，计算别人放了几个屁，自以为那就是人世。然后来到别人面前，也没人拜托就主动告诉人家说你放了多少多少个屁。如果是当面说，好歹还可以当作参考，可他偏要在你背后说你放了多少多少个屁。你如果骂他啰唆，他反而说得更起劲。你越叫他闭嘴，他越要说。就算你说已经知道了，他还是要说你放了几个屁。而且还宣称那是处世的方针。方针因人而异。无须嚷嚷放了几个屁，默默拟定方针即可。会妨碍他人的方针最好打消念头，这是基本礼仪。如果不妨碍别人就无法拟定方针，那我宁可将放屁作为我的方针。届时日本也气数已尽了吧。

这样在美妙的春夜里，不订定任何方针地散步，其实很高尚。兴致来时就以兴致来了做方针。兴致去时就以兴致消退做方针。想出佳句，就以想出佳句做方针。想不出来，就以想不出来做方针。而且不会妨碍任何人。这才是真正的方针。计算人家放了几个屁是人身攻击的方针，放屁是正当防卫的方针，这样走上观海寺的石阶是随缘豁达的方针。

当我想出“仰数春星一二三”这句诗，走上石阶顶端时，只见朦胧闪烁的春海宛如一条腰带。我走进山门，已经无意再构思绝句。我当下订定放弃的方针。

通往禅房的石子路右侧，是山杜鹃的树篱，树篱外想必是墓地。左边是正殿，屋瓦在高处幽幽发光。我抬头仰望，仿佛有几万个月亮落在几万片屋瓦上。不知何处频频传来鸽子叫声，好像在梁柱下。或许是心理作用，屋檐似乎有点点白色痕迹。也许是鸟粪。

雨水滴落处，排着一列奇怪的影子。看起来不像树，当然也不是草。就感觉而言像是岩佐又兵卫[①]笔下的“鬼念佛”停止念佛起而跳舞的姿态。从正殿的这端到彼端，规矩地排成一列跳跃。此刻那个影子也同样从正殿的这端到彼端规矩地排成一列跳跃。大概是受到朦胧月色的引诱，把锣和敲锣的槌子、捐献簿都扔开，互相邀约来这山寺跳舞吧。

---

① 岩佐又兵卫（1578–1650），融合土佐派与狩野派的风俗画家。“鬼念佛”是大津追分当地卖给旅人的大津图画之一，描绘鬼身穿法衣持法器的模样。创始者据说是又平，应是漱石搞错了。

走近一看原来是巨大的仙人掌。高度足有两米多，好似将丝瓜那么大的小黄瓜压成勺子，再将勺柄由下往上不断连接。那勺子不知要连接多少个才会结束。今晚之内恐怕就会顶破屋檐跑到屋瓦上。那勺子的形成，肯定是出其不意，不知从哪儿冒出来，猛然附着上去。一点也不像是旧勺子生出新的小勺子，小勺子再在漫长的岁月中渐渐长大。感觉勺子与勺子的连接非常唐突。这么滑稽的树想必不多，而且还故作无辜。据说曾有僧人被问到如何才是佛，他回答“庭前柏树子”[1]，如果我被问到同样的问题，想必会不假思索回答“月下仙人掌”吧。

少时阅读晁补之[2]这个人的游记，至今还有几句背得出来。“于时九月，天高露清，山空月明。仰视星斗，皆光大，如适在人上。窗间竹数十竿，相摩戛，声切切不已。竹间梅棕，森然如鬼魅离立突鬓之状，二三子又相顾魄动而不得寐。迟明，皆去。”我在口中喃喃重述，不禁失笑。这棵仙人掌想必也会在某种时间与场合下，令我惊心动魄，一打照面就把我赶下山吧。我试着伸手去摸刺，指尖有点刺痛。

---

①《碧岩录》“无门关”记述“如何是祖师西来意，州云庭前柏树子”。“州”是指赵州和尚。

② 晁补之（1053–1110），北宋诗人。苏门四学士之一。

走到石子路的尽头左转便来到禅房。禅房前面有巨大的木莲树。大约有一人环抱那么粗，高度超过禅房的屋顶。仰头一看，头上就是树枝。树枝上方又是树枝，而树枝重叠之上是月亮。通常，枝叶那样重叠，从树下仰望应该看不见天空。如果有花就更看不见。但木莲的树枝纵使层层交叠，树枝之间还是有疏阔的空隙。木莲不会随意伸出细小的枝条扰乱站在树下的人的视线。就连花朵都很明亮。从这遥远下方看上去，一朵花就是清清楚楚的一朵花。那样的一朵花不知簇拥到何处，开到何处。但一朵终究是一朵，一朵与一朵之间，可以清楚看见淡蓝色的天空。花色当然不是纯白。一味的雪白太寒冷。而全然的白，看起来似乎只是夺人眼球的精巧。木莲的颜色并不是那样。它刻意避开极度的白，是带有温暖的淡黄，高雅又谦卑。我站在石子路上，仰望这含蓄内敛的花朵累累无垠地蔓生，不禁茫然半晌。眼中所见全是花。没有一片叶子。

瞻望满天木莲花。

我想出这么一句诗。不知何处，传来鸽子温柔地互相叫唤。我走进禅房，禅房敞着门。看来此地民风淳朴不知有盗匪，猜想狗当然也不会轻易闻声吠叫。

“有人在吗？”我问。

一片死寂无人回应。

“打扰一下。”我说。

鸽子咕咕叫的声音传来。

“有人在吗——”这次我大喊。

“噢噢噢噢噢噢噢！”遥远的彼方有人回答。我造访别人家时，从未听过这种回答。之后走廊响起脚步声，纸烛的影子映现屏风后面。一个小和尚倏然出现是了念。

“大师在吗？”

“在。有何贵干？”

“请转告他，温泉馆的画家来访。”

“画家先生吗？请进。”

“你不用先去禀告一下吗？”

“没关系。”

我脱掉木屐进屋。

“真是没规矩的画家先生。”

“怎么说？”

“木屐脱下要并拢放好。你看这里。”他说着举起纸烛。黑柱的中央，距离脱鞋口地面约莫一米半的高度，贴着四分之一大小的半纸[①]勉强可以辨认出字迹。

“看到了吧？写什么看到没？上面写着要‘看脚下’。”

“原来如此。”我立即把自己的木屐规矩放好。

和尚的禅室位于正殿的侧厢，沿着走廊拐过直角就到了。了念恭敬地拉开纸门，恭敬地趴伏在门槛外说：

“师父，志保田家的画家先生来访。”小和尚的样子诚惶诚恐。令我有点忍俊不禁。

“是吗？请进。”

我与了念调换位置走入。禅室内非常狭小，中央有地炉，炉上的铁水壶正在沸腾。而和尚在对面看书。

“来，这边请。”他摘下眼镜，把书本推到一旁。

“了念。了——念——！”

“是——”

“还不拿坐垫给客人。”

“是——”了念在远处拉长了音调回答。

“欢迎你来。一定很无聊吧？”

“因为月色太美，我就一路闲晃过来了。”

“月色的确很美。”他说着拉开纸门。除了两块踏脚石、

---

① 半纸，大约长三十五厘米，宽二十五厘米的白色和纸。

一棵松树之外别无其他，平坦的庭院那头似乎就是悬崖，眼前顿时出现朦胧月色下的无垠海洋。心情仿佛突然开阔。渔火星星点点，大概打算在遥远的末端融入天空，化为星子。

“这倒是好景色。大师，关着纸门太可惜了吧！”

“是啊。不过我每晚都看得到。”

“这种景色再看多少晚都行。换作是我，肯定不睡觉也要欣赏。”

“哈哈哈哈！不过你是画家，自然与我略有不同。”

“大师在感叹景色优美时其实也是画家。”

“原来如此，这么说也对。别看我这样其实好歹也会画达摩。你看，挂在这里的这幅画，就是上一代住持画的，相当不错吧。”

没错，小小的壁龛的确挂着达摩图。然而就画作本身技巧而言相当拙劣。不过并不俗气，没有任何刻意掩蔽拙劣的迹象，是天真无邪的画作。这位前任住持想必也是像这幅画一样无拘无束之人。

“这画很天真无邪。”

“我们画的画这样就足够了。只要能呈现出气象足矣……”

“比起那些画得好却俗气的作品更高明。”

“哈哈哈哈！随你怎么称赞吧。对了，这年头的画家也有博士吗？”

“没有画家博士。”

“啊，是吗？上次，我遇到一位博士。”

“噢？”

“说到博士，那是了不起的人物对吧！”

“对。想必很了不起。”

“画家不是应该也有博士吗？为什么没有呢？”

“说到这里，和尚才应该有博士吧！”

“哈哈哈哈！或许吧。上次我遇到的人，叫什么来着的，我记得名片应该就放在那里……”

“是在哪遇到的？东京吗？”

“不，就在这里，我已经二十年没去东京了。最近听说有了电车这种玩意，我还挺想坐坐看。”

“其实很无聊。吵死了。”

“是吗？俗话说蜀犬吠日，吴牛喘月，所以像我这种没见识的乡巴佬或许反而会不知所措。”

“不知所措倒是不至于，就只是很无聊。”

“不会吧。”

铁水壶的壶嘴不断冒烟。和尚从茶柜取出茶器，替我倒茶。

“请喝一杯粗茶。比不上志保田家的老太爷那种芳醇的好茶。”

“哪里，这样就很好。”

“你这样到处游览，果真也是为了画画吗？”

“是的。虽然随身带着画具，但是不画画也无所谓。”

“噢，那么一半是为了游山玩水？”

“是啊，要这么说也行。因为我不愿被人数我的屁。”饶是禅僧，似乎也听不懂我这句话。

“数你的屁是什么意思？”

“在东京待久了就会有人来数你放了几个屁。”

“为什么？”

“哈哈哈哈，如果只是数数目也就算了。问题是还会分析别人的屁，讨论屁眼是三角形还是四角形，做出多此一举的无聊举动。”

“噢，那是卫生部门的人吗？”

“不是检查卫生。是搞侦查的。”

“侦查？原来如此，那就是警察啰。这些警察啦巡查啦，到底有什么用处？非有不可吗？”

“是啊，画家就不需要。”

“我也不需要。我还没有和巡查打过交道。”

“我想也是。”

“不过，就算警察来数我的屁，我也不在乎。装作若无其事就行了。自己没做亏心事的话，就算是警察，也不能拿我怎样。”

“放个屁也要被警察管的话，谁受得了。”

“我还是小沙弥时，前任住持经常说，人若能够在日本桥的中央袒露五脏六腑也不觉羞耻，才算是修行到家。你也要修行到那种地步才好。到时候不用特地出门旅行也没关系了。”

“只要彻底成为画家，随时都可以那样。”

“那你就彻底成为画家呀。”

“被人家盯着数我的屁，让我无法完全成为画家。”

“哈哈哈哈！你看，你投宿的那个志保田家的那美小姐，出嫁之后又回到娘家，老是说对很多事情都耿耿于怀，最后终于来找我问佛法。但她最近已经很有心得了，你看，变成那么通情达理的女人。”

“噢？难怪我觉得她不是普通女人。”

“哎，她是个机锋相当犀利的女人——来我这里修行的泰安这个年轻和尚，就是因为那个女人，从偶然的小事撞见必须究明大事的机缘——想必他很快会成为得道高僧。”

“安静的院子，落下松树的影子。远方的海面，仿佛在回应天空的光亮，又好似没有呼应，在朦胧中放出幽微光芒，渔火明灭不定。”

“你看那松树的影子。”

“是。”

“很美吧。”

“只是美吗？”

“不仅美，任风吹拂也不以为苦。”

我一口喝干杯中剩下的涩茶，把杯底朝上，倒扣在茶托上，起身告辞。

“我送你到门口吧。了念，客人要走了！”

被和尚送出禅房时，鸽子咕——咕——叫了起来。

“鸽子是最可爱的生物，我只要拍拍手，它们全都会飞来。不信我叫给你看？”

月色越发明亮。万籁俱寂，木莲朝天空擎起朵朵云华。在寂寥的春夜中，和尚啪啪拍手。声音在风中死去，没有一只鸽子飞下来。

“不下来啊。应该会下来才对啊。”

了念看着我的脸，偷笑了一下。和尚似乎以为鸽子的眼睛在夜里也看得见。真是悠哉。

我在山门之处向二人告别。回头一看，大号圆影与小号圆影落在石子路上，一前一后地消失在禅房。

十二

我记得王尔德曾说，基督具备最高度的艺术家态度。基督如何我不知道，但观海寺的和尚这种人，想必正有这种资格。我不是指他的品位风雅，也不是说他通晓时势。他在墙上挂着几乎不能称为画的达摩图，扬扬得意地以为画得很好。他认为画家也该有博士学位。他以为鸽子的眼睛能够夜视。即便如此，我还是认为他拥有艺术家的资格。他的心就像无底的袋子留不住任何东西，一切都不会停滞。因为他随处自来自去，洋洋洒洒任意作为，肚子里没有任何渣滓沉淀的迹象。如果能在他的脑中贴上一点趣味，他想必会与所到之处同化，在行屎走尿做出任何行动时，皆可扮演完全的艺术家。哪像我这种人，被侦探盯着计算放屁次数时，终究不可能成为画家。我可以面对画架，可以握住调色板，但我无法成为画家。唯有这样来到不知名的深山野岭，将五尺瘦躯埋藏在迟暮的春色中，我才终于明白真正的艺术家应有的态度。一旦进入这种境界，美的天下尽归我有。纵然不染尺素，不涂寸缣，我照样是第一流的大画家。饶是在技巧方面不及米开朗琪罗，在精致程度逊于拉斐尔，但在艺术家的人格方面，我与古今大师齐首步武，没有丝毫逊色之处。自从我来到这个温泉区，迄今一幅画也没画，甚至感到画具箱只是一时兴起扛出来好玩的。旁人或许会嘲笑我这样也配算是画家。然不管别人如何嘲笑，现在的我就是真正的画家。是地道的画家。得到这种境界的人，不一定会画出名画。但是能够画出名画的人，必然得知道这种境界。

用完早餐，我在抽敷岛香烟时的感想大致如上。太阳已跳出氤氲晨雾高高升起。我拉开纸门，远眺后山，苍翠的树木非常清透，且色彩异常鲜明。

我常以为空气与物象、色彩的关系是宇宙最令人兴味盎然的研究之一。是以色彩为主酝酿出空气，还是以物象为主勾勒空气？抑或以空气为主从中织出色彩与物象？绘画全凭一念之间便可营造出各种不同的调子。这个调子也因画家自身的喜好各有不同。那是理所当然，但当然也受限于时间与地点。英国人画的山水没有一幅是亮丽的。或许他们讨厌亮丽的画，好吧，就算喜欢，在那种空气下，想必也无能为力。同样身为英国人，古德尔[①]的色调就截然

---

① 古德尔（Frederick Goodall，1822–1904），英国画家。创作埃及、阿拉伯等地风景的个性派作品。

不同。也难怪不同，他虽是英国人，却从未画过英国的景色。他的绘画主题不在他的故乡。他只选择与他的祖国相比，空气透明度胜过一大截的埃及或波斯一带的风景。因此人们初次看到他的画作时不免都会震惊，差异明显得令人怀疑英国人居然也能画出如此明亮的色彩。

个人的喜好无法勉强。但是若想描绘日本的山水，我们就必须画出日本固有的空气与色调。饶是法国绘画再好，如果直接套用那种色调，也不会有人说这是日本景色。还是得亲自接触大自然，朝夕研究云容烟态。当你觉得终于找到那个色调时，必须立刻扛起折叠椅冲出门作画才行。色彩会在刹那之间变换。一旦错失机会，同样的色彩不可能再轻易见到。我现在仰望的山边，就充斥着这一带难得一见的美丽色彩。好不容易有机会来此，如果错过那个色彩未免可惜。不如画一下吧。

我拉开纸门，走到檐廊上一看，对面二楼的纸门边倚身而立的正是那美小姐。她的下巴埋在领中，只看得见侧脸。我正想打招呼，她垂着左手，右手忽然迅如疾风地动了起来。似闪电般在胸前划过两三下，喀锵一声，闪电旋即消失。她的左手拿着短刀的白色刀鞘。她的身影顿时隐没在纸门后。我一大早就抱着观赏了歌舞伎表演的心情走出旅馆。

出门后左转，立刻就是山路，必须踮脚而行。处处只闻莺啼。左手边是坡度徐缓的山谷，种满橘子。右边有两座不高的山丘并列，同样给人此地只有橘子别无其他之感。几年前我曾来过此地一次。我懒得屈指计算，总之我记得是腊月时节。当时我第一次看到橘子山满山遍野都是橘子的景色。我问摘橘子的人能否卖一枝给我，对方说要几颗都没问题，您直接拿去吧，说完在树上唱起节奏奇妙的歌谣。在东京，就连橘子皮都得去药房花钱买。入夜后，频频响起枪声。我问那是怎么回事，人家告诉我是猎人在打野鸭。当时，我连那美小姐的“那”字都不认识。

那个女人若去当演员，肯定可以成为出色的女主角。一般演员只有上了舞台后才会装腔作势地演戏，可是那个女人连在家中也随时随地在演戏而且她没发现自己在演戏。她是纯自然、纯天然地在演戏。那样子或可称为美的生活[①]吧。拜她所赐，我的绘画功力大增。

如果不把她的言行举止视为演戏，会毛骨悚然得一天都撑不下去。如果用人情义理这种寻常道具为背景，从普通小

---

① 明治三十四年《太阳》八月号发表高山樗牛的评论《论美的生活》，“美的生活”成为当时的热门话题。高山认为，唯有满足人性本然的要求方为美的生活。

说家的观察角度去研究她，可能刺激会太强烈，立刻心生排斥。在现实世界我和她之间如果有一种缠绵悱恻的关系成立，我的痛苦恐怕难以言喻。我的这趟旅行超脱世俗人情，主旨纯粹是为了彻底化身为画家，故凡我所见皆须一一视为绘画。必须只当作能乐、戏剧，或者诗中的人物来观察。透过这种觉悟的眼镜来窥视她，会发现她的言行举止是我见过的女人当中最美的。正因为她没有自己正在展现美妙演技的自觉，所以比专业演员的举止更美。

请别误会有这种想法的我。若批评我身为社会公民不够检点，那更是不公平。行善难，施德亦难，守节操不易，为公义牺牲性命更不舍。明知如此仍刻意为之，对任何人都会很痛苦。要让人甘愿冒着那种痛苦，就必须在某处潜藏足以战胜痛苦的快乐。无论是画，是诗，或戏剧，都只不过是这辛酸中笼罩快感的别称。能够领悟这种趣味，吾人的所作所为才会壮烈，才会闲雅，才会想克服一切困苦只求满足心中一点无上趣味。将肉体的痛苦置之度外，对物质上的不便不以为意，鞭策勇猛精进之念，为了人道精神，鼎镬烹煮亦甘之如饴。如果要站在人情的狭小立足点对艺术下定义，那么艺术就是潜藏在我们这些受过教育的知识分子内心，要求自己必须用避邪就正、斥曲与直、扶弱除强的信念结晶，灿然反射昭昭白日。

有时我们会笑别人的行为带有做戏的味道。笑他们为了贯彻美妙的嗜好兴趣不惜做出无谓牺牲，根本不懂人情世故。笑他们不等发挥美好个性的机会自然来临，硬要炫耀个人品位观的愚昧。那是因为真正了解个中消息，所以因理解而笑。至于那种连趣味为何物都不懂的卑贱之徒，只是以小人之心度他人之腹鄙视旁人，那就不可原谅了。昔日有青年留下岩头吟[①]后纵身跃下五十丈的飞瀑湍流寻死。在我看来，那个青年为了美之一字，舍弃了不该舍弃的宝贵性命。死亡本身固然壮烈，促使他寻死的动机却令人费解。可是若连死亡本身的壮烈都无法体会，又怎能嘲笑藤村的作为。他们无法体会壮烈成仁的意义，因此即便出发点正当，在终究受限不得壮烈成仁这点而言，比藤村的人格更劣等，故我主张他们无权嘲笑。

我是画家。因为是画家，以风雅的品位为专业，即便堕落人情世界，也比左邻右舍不解风情的粗汉更高尚。身为社会的一员我轻易站在教育他人的地位。比起无诗、无画、无

① 岩头吟，明治三十六年，当时的一高学生藤村操于华岩瀑布跳水自杀时，在岩上树木写下的遗书。那句“不可解”引起广大的回响。藤村是漱石的学生。

艺术修养的人，更能做出美好的作为。在人情世界，美好的作为就是正，是义，是直。在行为上展现正、义、直的人，是天下公民的模范。

暂时脱离人情世界的我，至少在这趟旅行中没必要回归人情世界。否则会让难得的旅行泡汤。我必须从人情世界筛去粗粝的沙子，终日只望着底层美丽的金子。我无须以社会的一分子自许。身为纯粹的专业画家，连我自身都断绝纠缠的利害关系，悠游于画布之中，更何况是对待山水与他人。说到那美小姐的行为动作，除了以本来面貌看待别无他法。

往上走三百米后，对面出现一面白墙。我猜想是橘子林中的房子吧。道路不久分为两条。侧视白墙向左转时，回头一看，一个穿红衬裙的女孩从下面走上来。只见衬裙尽头的下方露出褐色的小腿，小腿的下方是草鞋，那双草鞋渐渐走来。头上飘落山樱花。背后是整片粼粼海洋。

走到山路的顶上，来到山势突出的平地。北边是层峦叠翠的春峰，说不定就是今早从檐廊仰望的那一带。南边有堪称焦土的地势占据半公顷面积，末端是塌陷的山崖。崖下是我刚刚走过的橘子山，如果跨越村庄看过去，看到的不用说也知道是蔚蓝大海。

路有好几条，分分合合，看不出哪条路才是主干道。每一条都是路，每一条也都不是路。草丛中有暗褐色的地面若隐若现，分不出是与哪条路连接，富于变化颇为有趣。

我在草中远远近近地徘徊，思考该往哪坐下。从檐廊远眺时觉得可以入画的景色，一旦要画时却毫无灵感。色彩也逐渐改变。在草原徘徊久了，不知不觉失去作画的兴致。既然不画，位置就无关紧要，坐哪儿都是我的安身之处。渗染的春日，深深笼罩草根，我重重坐下，心情仿佛踩扁了看不见的氤氲阳炎。

大海在脚下发光。万里无云的春阳普照水上，仿佛不知不觉日光甚至已浸透海底般看似温暖。水色是一笔平坦刷过的深蓝色，处处点缀白银色的细小鳞片粼粼闪动。春日无垠地照亮世界，世界无垠地荡漾海水，航行其间的白帆只有小指甲盖那么大。而且那白帆纹风不动。古时候进贡的高丽船远渡重洋而来时，想必看起来就是那样。除此之外极目远眺大千世界，也只有阳光普照的世界，照亮大海的世界。

我躺下假寐。帽子滑过额头向后翻，看起来就像阿弥陀佛背后的圆光。草地处处皆可看到小株的倭海棠抽高五六十厘米长得很茂盛。我的脸正好就在其中一株前面。倭海棠是一种有趣的花，枝条顽强地坚决不肯弯曲。可是说它笔直，又绝非笔直。只是笔直的短小枝条与笔直的短小枝条以某种角度冲突，整体构成倾斜的姿态。再加上不知是红是白的花朵安闲绽放，甚至零星点缀柔软的叶子。若要形容，倭海棠大概在花中属于大智若愚的植物。世间有抱愚守拙之人，这种人下辈子投胎转世肯定会变成倭海棠。我也想变成倭海棠。

小时候，我砍下开花带叶的倭海棠，好玩地摆弄枝条，做成笔架。然后架上二钱五厘的廉价毛笔，让白色的笔毛在花叶之间若隐若现，放在桌上观赏把玩。那天我就这样惦记着倭海棠笔架睡着了。翌日一睁开眼，我就跳起来，到桌前一看，花萎叶枯，只有白色的笔毛依然闪闪发亮。那么美丽的东西，为何一夜之间就枯萎了呢？彼时我百思不解。如今想来，当时的我还真是不食人间烟火。

一躺下就映入眼帘的倭海棠是我二十年来的旧知己。盯着看久了渐渐恍神，感觉很舒服。于是我又诗兴大发。

我躺着思考。每想到一句就记在写生簿上，过了一会好像完成了。我从头开始检视。

出门多所思。春风吹吾衣。芳草生车辙。废道入霞微，停杖而瞩目。万象带晴晖。听黄鸟婉转。观落英纷霏。行尽平芜远。题诗古寺扉。孤愁高云际。大空断鸿归。寸心何窈窕。

缥缈忘是非。三十我欲老。韶光犹依依。逍遥随物化。悠然对芬菲。

啊，完成了，完成了。这下子终于完成了。卧看倭海棠，颇有忘却尘世之感。尽管没有写到倭海棠，没有写到大海，然而只要能写出那种感觉就够了，我一边这么喃喃沉吟，一边欣喜之际，忽然听到某人的干咳声。我吓了一跳。

我翻个身，朝声音的来源看去，只见一个男人绕过山势突出处，从杂树林之间走出。

他头戴褐色呢帽。帽子已变形，从歪斜的帽檐下可以看见眼睛。眼神虽看不清，但显然正滴溜乱转。蓝色条纹和服的下摆撩起塞在腰间，光脚踩着木屐的装扮，令人难以判断是何方神圣。若只凭他那把野胡子判断，简直像个野武士。

本以为男人要走下山路，没想到他在转角又拐回来了。我以为他会循原路消失，结果也没有。他又再次走来。除了在这片草原散步的人，应该没有人会这样来来回回才对。但他那是散步的样子吗？那种男人也不像是住在这附近。他不时驻足，歪起脑袋，而且还四下张望。有时看起来似乎陷入沉思，又好像是在等人。我一头雾水。

我始终无法将目光自这个古怪的男人身上移开。我并不害怕，也不想拿他作画。只是就是无法移开目光。从右至左，从左至右，我的眼睛跟着男人到处转。最后男人猛然停住。随着他的驻足，又有一个人出现在我的视野。

双方似乎本就认识，逐渐从两端接近。我的视野渐渐缩小，在草原中央狭小的一点会合。二人背对春山，面对春海，就这么碰个正着。

男人当然是那个野武士。对方呢？对方是女的。就是那美小姐。

看到那美时，我当下联想到今早的短刀。她该不会把刀藏在怀里吧？这么一想，非人情的我也冒出冷汗。

男女二人面对面，保持同样的态度站了半晌。看起来没有要动的迹象。或许嘴巴在动，但完全听不见说话声。最后男人垂下头。女人面对山那边。我看不见她的脸。

山上传来黄莺鸣叫。女人看起来也像在侧耳聆听莺啼。过了一会，男人倏然抬起低垂的头，准备转身。这不是寻常的状态。女人倏然转身面对大海，她的腰带之间露出的好像是短刀。男人昂首阔步准备离去，女人紧跟在男人的身后走了两步，那女人穿的是草鞋。男人突然停下，是被女人叫住吗？当他回头的瞬间，女人的右手已伸进腰带。危险！

猛然抽出的，并不是短刀，是看似钱包的包裹。伸出的玉手下，长长的绳子迎着春风摇曳。

女人一脚在前，上半身稍微扭转，递出包裹。雪白的手腕，紫色的物件。光是这样的姿势应已充分可以成为一幅画了。

被紫色稍微切割的画面，隔着不到十厘米的距离，配合男人转身的体态，巧妙地衔接。“不即不离”正好可以用来形容这一刹那。女人向前拉，男人看似被向后拉。实际上并没有谁拉住也没有谁被拉到。两者的联系只在于那个紫色钱包，当下就此断绝。

二人的姿势如此保持美妙和谐的同时，两者的脸孔与衣服完全成对比，所以如果当成一幅画来观赏会更耐人寻味。

一个是身材矮胖、黝黑、大胡子，一个是紧绷的小脸，长颈、削肩的纤细身形。一个是穿着木屐粗鲁扭身的野武士，一个是连普通的居家服都能穿得风流妩媚，而且上半身温婉仰起的弱女子。一个是头戴褪色的褐色破帽子，蓝条纹上衣的下摆塞进腰带，一个是头发梳理得油光水亮仿佛燃烧太阳的热气，黑色缎面腰带闪亮的深处隐约流露腰带上方那截布头的娇艳。一切都是最好的绘画题材。

男人伸手接下了钱包。二人原本一个拉一个被拉的平衡位置顿时瓦解。女人不再拉，男人也不再被拉。我虽是画家，却直到今天才发现，心理状态原来会对画面构图产生这么大的影响。

二人掉头各分东西。双方那种气氛已不存在，所以就画面而言已经支离破碎。男人在杂树林的入口一度回首，女人却头也不回快步朝我这边走来。最后来到我的正对面。

“先生，先生。”她喊了两声。糟糕，几时被她发现的？

“什么事？”我把头探出倭海棠上。帽子掉落草原。

“你在这种地方做什么？”

“我作诗睡着了。”

“少骗人了。刚才那一幕你都看到了吧。”

“刚才的？你说刚才那个吗？对，看到一点。”

“呵呵呵呵，何必只看一点多看看又何妨。”

“其实我的确看到很多。”

“看吧。算了请你过来一下。请从倭海棠中出来。”

我唯唯诺诺走出倭海棠丛。

“你在倭海棠丛中还有事吗？”

“已经没了。我正打算回去。”

“那我们就一起走吧。”

“好。”

我再次唯唯听命，退回倭海棠丛，戴上帽子，把画具收好，和那美并肩迈步。

“你在画画？”

“放弃了。”

“打从你来到此地，好像一幅画都还没画出来吧！”

“对。”

“但你难得来作画，如果一幅也没画出来，岂不是很没意思？”

“哪里，有意思得很。”

“噢，是吗？为什么？”

“不为什么，反正很有意思。不管有没有作画，到头来都是一样。”

“真潇洒，呵呵呵呵，你还挺悠哉的。”

“来这种地方，如果不悠哉，岂不是白来了。”

“哪里，不管在哪，如果不悠哉，都等于是白活了。就像我，即使现在的样子被人看见也不觉羞愧。”

“不觉得羞愧也没关系呀。”

“是吗？你猜刚才的男人到底是谁？”

“这个嘛。好像不是什么有钱人。”

“呵呵呵，被你猜对了。你可真是神机妙算啊。那个男人是穷鬼，他说在国内混不下去了，来找我要钱。”

“噢？他是从哪来的？”

“从城里。”

“那可是大老远来访。那么，他要去哪呢？”

“据说要去中国东北。”

“他去做什么？”

“去做什么？是去捡钱还是去送死，我也不知道。”

这时我抬起眼，看了女人一下。如今抿紧的嘴巴，正逐渐失去微笑的影子。我不解其意。

“那个人，是我丈夫。”

女人以迅雷不及掩耳之势，冷不防朝我捅了一刀。我大为震惊。我当然无意打听那种事，而女人，八成也没想过要坦诚到这种地步。

“怎么样，吓到了吧？”女人说。

“对，的确有点惊讶。”

“不是现任老公，是离婚的前夫。”

“原来如此，然后……”

“仅此而已。”

“这样啊——那座橘子山上有栋气派的白墙房子。那房子的地点很好，是谁的家？”

“那是我哥哥家。回程顺便去一下吧！”

“你找他有事？”

“对，受人之托有点小事。”

“那我们一起去吧。”

来到山路的登山口，我们没有向下回村子，立刻右转，又往上走了约莫一百米，看到一扇门。我们没有从大门去玄关，而是直接绕到院子。女人不客气地大步前行，所以我也不客气地跟着走。向南的院子，有三四棵棕榈树，紧靠土墙下的就是橘子园。

女人立刻在檐廊坐下，说道：

“风景很美喔。你看。”

“原来如此，真好。”

纸门内的房间很安静，没有任何动静。女人也没有要叫门的迹象。她只是坐在那里，泰然自若俯视橘子园。我感到很不可思议。她本来到底是来干嘛的？

最后无话可说，我俩都默默俯视橘子园。近午的太阳，让整片山正面沐浴在温暖的光线中，放眼所见的无数橘叶，连叶片背面都被反射的日光照得发亮。最后，后面的仓库那边有鸡大声咕咕咕叫。

“哎呀，已经中午了。差点忘了要办的事。久一！久一！”

女人起身半弯着腰，倏然拉开紧闭的纸门。室内是空荡荡的十多平方米和室，狩野画派的对幅冷清地妆点春日壁龛。

“久一！”

仓库那边终于传来响应。脚步声在纸门背后停住，门一拉开，只见白鞘短刀已落在榻榻米上。

“这是你伯父送你的饯行礼物。”

我压根没发现她是几时把手伸进腰带的。短刀翻滚了两三下，在安静的榻榻米上，滚到久一的脚下。可能是刀鞘太松，只见一寸寒光倏然闪现。

十三

我们坐船送久一到吉田的火车站。船上坐的，有送行对象久一，来送行的老人，那美，那美的兄长，扛行李的源兵卫，还有我。我当然只是陪客。

就算只是陪客，既然有人喊我，那我就去。不知有何意义也会去，非人情之旅无须多作考虑。这艘船就像是加装了船缘的木筏，底部平坦。老人坐在中间，我和那美坐在船尾，久一和那美的兄长在船头。源兵卫守着行李单独坐在别处。

“久一，你喜欢战争吗？”那美问。

“不去试试我也不知道。想必会有痛苦，但应该也会有快乐吧。”不识战争滋味的久一说。

“就算再怎么痛苦，也是为了国家。”老人说。

“收到短刀这种礼物，应该会想去战场试一下吧？”女人又问出奇怪的问题。

“是啊。”久一轻轻点头。

老人掀髯大笑。那美的兄长佯装不知。

“你这样满不在乎，真的能打仗吗？”她不管三七二十一，把白皙的脸庞伸到久一面前。久一与兄长对看了一眼。

“那美如果去当军人一定很强。”这就是做兄长的对妹妹说的第一句话。从语调听来，好像不全然是开玩笑。

“你说我？我去当军人？我要是能当军人早就当了，而且现在已经死了。久一，你最好也死掉。活着回来可不好听。”

“怎么那样乱讲话——别理她，你可要打胜仗归来。不是只有战死才算报效国家。我自认还能再活个两三年。我们一定会重逢。”

老人的语尾拉长，尾声越来越细，最后化为一行泪，但他毕竟是男人所以并未失控地真情流露。久一不发一语，把头一撇，看着河岸。

岸上有棵大柳树，树下系着小舟，一个男人聚精会神盯着钓线。当我们一行人乘坐的船徐缓地拖曳水波经过他面前时，他蓦然抬头，与久一四目相对。目光相对的二人之间没有碰撞出任何火花。男人满脑子只想着鱼，而久一的脑中连一条鲫鱼的空间都没有。我们的船静静行过“姜太公”的面前。

行经日本桥的人数，一分钟不知有几百人。如果站在桥畔，听得见每个路过行人内心盘踞的纠葛，恐怕会觉得茫茫浮世令人头晕眼花难以生存吧。只因彼此都是陌生地相遇又分离，所以才会有人志愿站在日本桥挥舞电车的旗子指挥交通。幸好“姜太公”并未探究久一为何泫然欲泣。我回头一看，他正安心盯着浮标。大概打算盯到日俄战争结束为止吧。

河面不太宽，河底很浅。水流徐缓。倚靠船舷，滑行水上，究竟何处是终点？非得走到春意尽，人喧闹，只盼偶然相会之处才罢休。这个眉心印有一点猩红的青年，不由分说地拖着我们一行人前进。命运之绳将把这个青年带向遥远、黑暗、可怕的北方，因此在某日某月某年的因果缘分下，和这个青年命运交错的我们，在那因果缘分结束之前只能被这个青年带领着向前走。缘尽之时，他与我们之间会响起“噗”的一声断了线，他会不容分说地独自被拽到命运的手里。我们也将不容分说地被留下。纵使苦苦哀求、挣扎，他也不会带我们一起走。

船只了无兴趣地静静漂流。左右两岸好像长着笔头菜。河堤上有许多垂柳，可见零星的低矮房屋从柳树之间露出茅草屋顶，被熏黑的窗户。有时还有他们养的白色鸭子，嘎嘎叫着游到河中。

柳树之间闪闪发光的似乎是白桃。织布机喀当响的声音传来。声音静止时，只闻女人的歌声咿咿呀呀传到水上，但完全听不懂她在唱什么。

“先生，请替我画一幅画像。”那美要求。久一与兄长正在热烈谈论军队。老人不知几时已打起瞌睡。

“没问题。”我取出写生簿。

春风解开缎子是谁家。

我写给她看。她笑着说：

“不能用这种写意的手法。请画得仔细一点要画出我的气势才行。”

“我也想画。问题是，你的脸那样子不能成画。”

“你说话可真直接。那么，到底要怎样才能成为一幅画？”

“放心，现在也能完成一幅画。只是有点美中不足。如果画中少了那个，有点可惜。”

“美中不足？我天生就是这张脸，没办法改。”

“天生的脸孔也能变化多端。”

“你是说全凭自己的心意变化吗？”

“对。”

“看我是女人，就把人家当傻瓜。”

“就是因为你是女人，才会说那种傻话。”

“那好，你先变脸给我看。”

“每天这样变来变去已经够了。”

女人默默扭头。河岸不知几时已降至水面的高度。放眼望去田里全是莲花，滴滴鲜红，不知几时被雨水冲刷，半已溶解的花海在烟霞中无边无际。仰望半空，一座峥嵘的山峰自半山腰微微吐露春云。

“你就是从那座山的对面翻越而来。”女人把玉手伸到船舷外，指着如梦般的春山。

“天狗岩就在那一带吗？”

“在那深绿色下方，不是有块紫色的地方？”

“你是指被日光照到的那里吗？”

“是日光吗？那是光秃秃吧。”

“不对，那是凹陷。如果是秃了，看起来应该更接近褐色。”

“是吗？总而言之，好像就在那一带。”

“如此说来，七曲路要再往左边一点。”

“七曲还在对面更远的地方。是那座山再过去的那座山。”

“原来如此。不过，以方位来说，是飘着微云的那一带吧！”

“对，方位就在那边。”

打瞌睡的老人，手肘从船舷滑落，倏然睁眼。

“还没到吗？”

他挺起胸膛，右肘向后撑，左手伸得笔直，用力伸个懒腰之后，顺带做出拉弓的姿势。女人呵呵笑。

“这好像成了习惯动作……”

“看来您喜欢弓箭啊。”我也笑着问。

“我年轻的时候可以拉动握柄厚达两厘米的弓。手到现在还很稳呢。”老人说着朝我拍拍自己的左肩。船头的人正在大谈战争。

船终于滑入看似市区的地方。可以看见拉门上写着“供应酒菜”的居酒屋。还有古色古香的绳状门帘，以及木材堆积场。甚至不时听见人力车的声音，燕子叽叽喳喳翻身飞掠，家鸭嘎嘎叫。船只靠岸，我们一行人下了船前往火车站。

我终于被拖到现实世界。可以看到火车的地方就叫作现实世界。火车是最能够代表二十世纪文明的产物，几百人挤在同一个车厢轰隆经过，毫不容情。被塞在车厢中的人以同样的速度，停在同一个火车站，然后同样沐浴蒸气的恩泽。人们说坐火车，我却说被塞进火车。人们说搭乘火车过去，我却说被火车搬运过去。再没有比火车更蔑视个性的东西。文明使尽各种手段，极度发展个性后，又千方百计试图践踏这种个性。每人只能分到丁点大的地面，在这块面积之中随你是睡是醒，这就是当今文明。同时又在这方寸之地的周围竖立栅栏，恐吓你不得逾越一步，这就是当今文明。在那方寸之地随心所欲的人，也想在栅栏外随心所欲，这本就是自然天性。于是可怜的文明国民日夜抓着这栅栏撕咬咆哮。文明赋予个人自由，令其狞猛如老虎后，又把人关进牢笼内，借以维持天下太平。这种太平并非真正的太平，这和动物园的老虎卧在笼中瞪视观众是同样的太平。只要拔掉一根牢笼的栏杆——世间马上会鸡飞狗跳。第二次法国大革命想必会在此时爆发。个人的革命如今早已日夜不断爆发。北欧知名的剧作家易卜生针对这种革命发生的状态向我们举出详细的例证。每次看到火车不顾一切，把所有的人当成货物载运猛烈奔驰，我就会拿被关在车厢的个人，与这种毫不注重个人性格的铁皮车做比较——危险，危险，再不留意就危险了。现代文明充斥着这种扑鼻而来的危险，朝着黑暗盲目狂奔的火车正是危险的标本之一。

我在火车站前的咖啡店坐下，一边望着艾草麻薯一边思考火车论。这个不能写在写生簿上，也没必要告诉别人，因此我默默吃麻薯喝茶。

对面的折叠椅上坐了两个人。同样穿草鞋，一个披着红毛毯，一个身上的浅绿色紧身裤膝盖有补丁，他正用手按着补丁的地方。

“还是不行吗？”

“不行啦。”

“要是像牛一样有两个胃袋就好了。”

“有两个胃袋就太完美了，一个生病时，只要割掉就没事了。”

这个乡下人看似有胃病。他们连吹过东北原野的风是什么气味都不知道，也看不出现代文明有弊端。革命是什么东西，他们连这两个字都没听说过。或许连自己究竟有一个胃还是两个胃都搞不清楚。我取出写生簿，画下二人的模样。

铃声响起。票早已买好。

“好了，我们走吧。”那美说着站起来。

“嘿。”老人也起身。一行人穿过剪票口，前往月台。铃声响个不停。

轰隆巨响，闪烁白光的铁轨上，文明的长蛇蜿蜒而来。文明的长蛇从口中吐出黑烟。

“终于要离别了吗？”老人说。

“那你们多保重。”久一低头行礼。

“去壮烈成仁吧。”那美再次说。

“行李送来了吗？”哥哥问。

长蛇在我们面前停下。侧腹有许多门打开，人们进进出出。久一上车了。老人和哥哥、那美，还有我都站在车外。

只等车轮一转，久一就不再是我们这个世界的人了。他将去很远很远的世界。在那个世界，人们在硝烟味中忙碌奔走，会因红色的事物[①]滑倒，摔得很惨。天空据说会有巨响砰砰砰。即将前往那种地方的久一，站在车厢中默默无语，望着我们。把我们从山中拖出来的久一，与被他拖出来的我们，彼此的因果缘分到此结束。其实已渐渐缘尽。只是车门和车窗还开着，只是彼此还看得见对方的脸，只是在离去者与送行者之间相隔不到两米，缘分就已渐渐断绝。

车掌砰砰砰地用力关紧车门，一边朝这边跑来。每关上一扇车门，离去者与送行者的距离便越发遥远。最后，久一那节车厢的车门也猛然关闭。世界已一分为二。老人不由自主靠近车窗。青年从车窗伸出头。

“小心！要发车啰！”话声方落，毫无眷恋的铁皮车已空咚空咚有节奏地启动。车窗一一经过我们的眼前。久一的脸越来越小，最后的三等车厢经过我面前时，车窗中，又探出一张脸。

---

① 鲜血。意指士兵在战场上血流成河。

褪色的褐色呢帽下方，满脸胡子的野武士依依不舍地伸出头。那一瞬间，那美与野武士意外地面对面。铁皮车空咚空咚奔驰。野武士的脸孔转瞬消失。那美神色茫然，目送远去的火车。在她的茫然神色中，不可思议地，浮现了过去从未出现的“怜悯”之情。

“就是那个！就是那个！有了你那个表情就能成为一幅画了！”

我拍着那美的肩膀小声说。我心中的画面在这一瞬间完成了。

第二章

梦十夜

第一夜

我做了这样的梦。

我交抱双臂坐在枕畔，仰卧的女人以平静的声调说她就要死了。她的长发铺在枕上，轮廓柔和的瓜子脸安放在中央。雪白的脸颊恰到好处地透出温暖的血色，唇色当然很红润。看起来一点也不像将死之人。但女人语带平静，笃定地说她就要死了。我也认为这样或许的确会死吧。这时，我从上方凑近她试问："会吗？真的要死了吗？""当然要死。"女人说着，睁大双眼。那是水汪汪的大眼睛，被修长的睫毛围绕眼中一片幽深漆黑。在那漆黑的眼眸深处，鲜明浮现我的身影。

我望着黑眸看似幽深得透明的光泽，思忖她这样是否真的会死。于是，我亲密地把嘴贴近枕畔，又问了一次："应该不会死吧！想必没事吧！"结果女人困倦地睁着黑眼睛，还是语带平静地说："可是，我真的要死了，没办法。"

我一心追问："那你看得见我的脸孔吗？"她对我嫣然

一笑：“这还用问吗，你瞧，不是已映现在我眼中？”我陷入沉默，脸孔离开枕畔。我交抱双臂，思索她是否真的非死不可。

过了一会，女人又说：

“等我死后，请将我埋葬。用巨大的珍珠贝替我挖墓穴。以天上坠落的星星碎片当作我的墓碑。之后请你在墓旁等候。我将回来与你重逢。”

我问她几时才会回来见我。

“太阳会升起对吧。然后太阳会沉落，然后会再度升起，又再度沉落——就在火红的太阳这样日复一日东升西落时——我问你，你等得了吗？”

我默默颔首。女人原本平静的语调倏然拔高。

“请等候一百年。”她以坚决的声调说。

“请在我的墓旁坐等一百年。我一定会回来见你。”

我只回答了一句“我等”。这时，自己鲜明映现在那黑眸中的身影，倏然破碎。仿佛静水流动搅乱了水面倒影，才见它要流出，孰料女人猛然合眼。泪珠自修长的睫毛之间滑落脸颊。——她已经死了。

之后我走下院子，用珍珠贝挖洞。珍珠贝是一种大而光滑、边缘锐利的贝壳。每挖起一捧土，贝壳内面便被月光照得莹然生光，也散发潮湿的泥土味。我挖了一会，把女人放进土坑中，然后自上方悄然覆盖柔软的泥土。每次覆土，珍珠贝的内面便被月光照亮。

接着我拾来坠落的星星碎片，轻轻放在土上。星星的碎片圆滑。我想大约是长时间坠落宇宙长空之际把边角打磨平滑了。抱起它放在土上时，自己的胸膛与双手也感到稍有暖意。

我坐在青苔上。一边思忖接下来要这样等待一百年，一边交抱双臂，眺望浑圆的墓碑。后来，果如女人所言，旭日自东方升起。那是一轮巨大的红日。之后同样如女人所言沉入西方，就这样火红地倏然坠落。我默数这是第一个。

过了一段时间，又有火红的太阳缓缓升起，然后默默坠落。我又默数这是第二个。

在我这样一个又一个计算的过程中，不知见过多少次红日。我数了又数，算了又算，数不清的火红太阳越过头顶而去，但一百年还是没到。最后，我望着长满青苔的圆石，开始怀疑自己是否被女人骗了。

这时石头下方冒出一支青茎斜斜朝我伸来，转眼已长到了我胸口的高度。随即，在袅袅晃动的茎干顶端，微微垂首的一朵细长花苞已缓缓绽放。洁白的百合花在鼻头散发彻骨芬芳。这时遥远的上空倏然滴落露水，百合花遂因自己的重量轻轻摇曳。我俯首向前亲吻沾有冰凉露水的白色花瓣。当我的脸孔离开百合花时，不经意望向远空，只见一颗破晓晨星闪烁天际。

“原来一百年早已到了。”直到此刻我才惊觉。

第二夜

我做了这样的梦。

我离开和尚的禅室，沿着走廊回自己的房间后，只见室内的灯笼光线朦胧。我屈起单膝跪在坐垫上，拨亮灯芯时，宛如丁香的灯花啪地落在朱漆台面。同时室内也大放光明。

纸拉门上的画是芜村[①]的作品。或浓或淡、远远近近地画出墨柳，还有衣衫单薄的渔夫斜戴斗笠行过土堤。壁龛挂着《文殊菩萨渡海图》的挂轴。烧剩的线香在暗处犹有余香萦绕。寺院很大，故格外显得冷清，不见人影。圆灯笼在漆黑的天花板映出浑圆的影子，仰头一看顿时显得栩栩如生。

我保持屈膝的姿势，左手掀起坐垫，把右手伸进去一摸，果然在我猜想的地方找到那个。有了那个便可安心，于是我

① 与谢芜村（1716–1783），江户中期的俳人、画家。

把坐垫又重新放好，在上面重重坐下。

“你是武士。既然是武士就不可能无法开悟。”和尚说，“如果一直这样执迷不悟，你就不配当武士。”和尚说那样只是废物。“哈哈，你生气了。”和尚说着笑了，“如果不服气就拿出你开悟的证据来！”说完和尚猛然把头往旁一撇。真是可恶。

放在隔壁房间壁龛的座钟再次敲响之前，我一定会开悟给和尚看。开悟之后，今晚我会再次去见和尚做禅宗问答。然后拿和尚的脑袋与开悟交换。如果没有开悟，就无法取得和尚的性命。我非开悟不可。我是武士。

如果无法开悟我就引颈自裁。武士一旦受辱，断然无法苟且偷生。我要死得干净漂亮。

这么想时，我的手不禁又伸向坐垫底下。然后我抽出一把朱鞘短刀。我用力握紧刀柄，取下朱红的刀鞘，冰冷的刀刃霎时在昏暗的室内一亮，仿佛有可怕的东西徐徐从手里逃脱。并且悉数聚集在刀尖，将杀气凝聚在某一点。我看着这把锐利的刀子憾恨地凝缩如针尖，不足三十厘米长的前端被磨尖的样子，忽然很想操起刀子狠狠捅下去。浑身的血液涌向右手手腕，紧握的刀柄黏糊糊。我的嘴唇正颤抖。

把短刀收回鞘中放到右侧，然后我盘腿打坐。赵州[①]云“无”。“无”是什么？臭和尚！我咬牙暗骂。

我用力紧咬臼齿，鼻子激动地喷出热气。太阳穴紧绷刺痛。眼睛也瞪得有平时的两倍大。

可以看见挂轴，可以看见灯笼，可以看见榻榻米，可以清楚看见和尚的光头，甚至听得见他张开大嘴嘲笑的声音。可恶的和尚。我非砍下那秃驴脑袋不可。我要开悟给他看！无、无、无……我在舌根喃喃叨念。明明是“无”却还是有线香的气味。区区线香而已，算什么东西！

我猛然握紧拳头狠狠敲自己的头。然后咬牙切齿，两腋冒汗，背部僵硬如棒，膝盖关节骤然发疼。我心想哪怕膝盖断了又怎样，但就是很痛，很苦。“无”就是不肯出现。每当感觉它要出现就会立刻疼痛。我很气愤，很不甘心，非常懊恼，泪如雨下。我恨不得索性纵身坠落巨岩，粉身碎骨。

但我还是忍着端坐不动，将那难以承受的悲苦隐忍在心头。那种悲苦自全身的肌肉下方往上涌，急着想从毛孔喷出去，可到处都塞住了，仿佛完全没有出口，处于极端残酷的状态。

---

① 赵州从谂（778–897），唐代的禅僧。禅宗经典《无门关》记载了这则有名的公案：“赵州和尚因僧问：‘狗子还有佛性也无？’州云：‘无。’”

最后我的脑袋也出了问题。灯笼和芜村的画作、榻榻米、装饰架全都若有似无，若无似有。但“无”还是压根不肯出现。我似乎只是在随意呆坐。这时邻室的座钟忽然“当”地响起。

我霍然一惊，右手立刻摸上短刀。时钟又敲响了第二下。

第三夜

我做了这样的梦。

我背着六岁孩童。那的确是自己的亲生骨肉。但不可思议的是，不知几时他的眼睛瞎了，变成小光头。我问那孩子眼睛是几时瞎的，孩子回答："嗐，从以前就是这样呗。"声音的确是童音没错，遣词用字却完全像个成年人，而且态度就像我的平辈。

左右两边都是绿油油的稻田。路很窄。鹭鸶的影子不时掠过黑暗。

"我们正经过田里吧！"孩子在背上说。

"你怎么知道？"我扭头询问。

"不是有鹭鸶在叫吗？"他回答。

这时鹭鸶果真叫了两声。

虽是自己的骨肉但我还真有点怕了。背着这种玩意儿，今后还不知会有什么下场。有没有什么地方可以打发他呢？我朝对面一望，只见黑暗中有大片森林。我心生一念：那里应该可以？顿时背上传来声音：

“呵呵。”

“你笑什么？”

小孩没有回答。只是问道：

“爸爸，我重吗？”

“不重。”我回答。

“马上就会变重了。”小孩说。

我默默朝森林走去。田间小径不规则地蜿蜒曲折怎么也无法顺利走出。走了一阵子变成岔路了。我站在岔路口，稍事休息。

“应该有块石头竖立吧。”小孩说。

的确有块宽约八寸、高度及腰的方形石头竖立。正面刻有“左往日洼①，右往堀田原②”。虽在黑暗中，红色的字迹依然清晰可见。红字是蝾螈腹部那种颜色。

“走左边吧。”小孩命令道。我朝左一看，刚才看到的那片森林，自高空在我头顶罩下幢幢暗影。我不免有点踌躇。

“用不着顾虑。”小孩又说。我只好朝森林迈步走去。我心里一边思忖这个小瞎子倒是无所不知，一边沿着唯一路

---

① 日洼，东京都港区麻布的地名。

② 堀田原，东京都台东区浅草寿町附近的旧称。

径走近森林，这时背后又传来声音：

“瞎子就是不方便。”

“反正有我背你不就好了。”

“让你背我真不好意思，但是被人瞧不起很讨厌。甚至连自己的父母都瞧不起我。”

我忽然心生厌烦。还是赶紧去森林丢下他吧，我加快脚步。

“再走几步路你就知道了。——当时正好也是这样的夜晚。”小孩在背后自言自语。

“知道什么？”我惊慌地尖声询问。

“还会有什么，你这不是明知故问嘛。”小孩嘲讽地回答。于是我也觉得自己好像真的知道什么，但我还是摸不着头绪。只觉得似乎的确有过这样的夜晚，而且好像再走几步路自然就会见分晓。我总觉得届时知道了真相会很麻烦，所以还是趁着不知道时赶紧扔下他才能安心。我越发加快脚步。

打从刚才就开始下雨。路越走越暗。我几乎是心无旁骛地赶路。只是背上背着一个小孩，那个小孩巨细靡遗地照亮我的过去、现在、未来，宛如绝不漏失分毫事实的镜子闪闪发光。而且那是自己的亲生骨肉，又是个瞎子。我已忍无可忍。

“就是这里，就是这里。正好就在那棵杉树的根部。”

小孩的声音在雨中清楚传来。我不禁停下脚步。不知不觉已进入森林中，就在一两米之外的黑色物体看起来的确如小孩所言是棵杉树。

“爸爸，当时就是在那棵杉树的根部吧！”

“嗯，没错。”我不禁脱口回答。

“是文化五年[①]，也就是辰年吧！”

的确好像是文化五年辰年。

“你就是在距今一百年前杀死我。”

一听到这句话，在距今一百年前文化五年辰年的这种暗夜，我在这棵杉树下杀死一个瞎子的情景，忽然浮现脑海。我第一次发现自己原来是个杀人凶手，顿时，背上的孩子突然变得如地藏石像一样沉重。

① 文化五年（一八〇八年）正逢辰年（龙年）。《梦十夜》发表于一九〇八年，正好相距百年。

第四夜

宽敞的土地中央放着看似乘凉用的长椅，周围排放着小折叠椅。长椅发出乌光。角落有个老头对着方形餐盘独自饮酒。下酒菜似乎是卤菜。

老头喝了酒后满脸红晕，而且脸皮光滑完全找不出任何皱纹，只是留了一把白胡子所以好歹还看得出是老人家。我年纪虽小，也不免好奇这个老头究竟几岁了。这时老板娘正从屋后的水管打完水装在小桶拎回来，一边拿围裙擦手，一边问道：

“老先生多大年纪了？”

“我已经忘记自己几岁了。”老头狼吞虎咽着卤菜，他装傻说。

老板娘把擦干的手插在细带之间，站在一旁打量老头的脸孔。老头拿起如饭碗那么大的碗大口喝酒，然后，白胡子之间呼地吐出一口长气。这时老板娘又问：

“老先生家在何处？”

老头中途打断吐气：“在肚脐深处哟。”老板娘的手依然插在细腰带之间。

“那你要去哪里？”她再问。这时老头又端起大碗大口灌下热酒，像之前一样呼出一口气。

“去那边。”他说。

“直走吗？”就在老板娘询问时，老头吐出的气越过纸门穿过柳荫，笔直地朝河岸而去。

老头走到门外。我也跟着走出去。老头的腰上挂着一个小葫芦，肩头挂着一个方形箱子垂在身侧。他穿着浅黄色紧身裤，浅黄色背心，只有袜子是鲜黄色，看起来好像是某种兽皮制成的袜子。

老头笔直地走到柳荫下。柳荫下有三四名孩童。老头含笑自腰间取出浅黄色手巾，他将手巾搓成细长的条状，然后放在地面中央，接着在手巾的周围画一个大圆圈，最后从肩上挂的箱子取出卖糖人吹的那种黄铜笛子。

“这条手巾马上会变成蛇，你们看好喔。看好喔。”他一再重申。

孩童拼命注视手巾，我也在看。

“看好喔，看好喔，准备好了吗？”老头说着吹起笛子，沿着圆圈不停绕圈子。我只盯着手巾，但手巾纹风不动。

老头吹得笛子嘀嘀叫，而且在圆圈上方绕了一遍又一遍。仿佛刻意踮起草鞋尖，仿佛蹑手蹑脚，仿佛对手巾心存忌惮，他不停地绕圈子。看起来有点可怕，又似乎很有趣。

最后老头忽然停止吹笛。接着，他打开挂在肩上的箱子，倏然抓起手巾顶端，迅速扔进箱中。

“只要这么做，就会在箱中变成蛇。我马上就变给你们看。马上就变给你们看。”说着，老头笔地直迈步向前走。他穿过柳荫下，沿着小径笔直地往下走。我想看蛇，因此也跟在后面一路尾随。老头一会说“立刻变”，一会又说“变成蛇”，就这样向前走。最后，他沿路唱着：

立刻变，变成蛇，
一定变，笛声响。

终于走到了河岸边。没有桥也没有船，所以我以为他会在这里停下来给我看箱中蛇，不料老头居然哗啦哗啦大步走进河中。起初水深及膝，但渐渐从腰部到胸部都浸入水中看不见了。即便如此，老头依然高唱：

渐渐深，变夜晚，

变笔直。

他就这么笔直地向前走。最后连胡子脸孔脑袋头巾通通都不见了。我以为老头走到对面岸上时会给我看蛇，于是站在芦苇沙沙作响的地方，孤零零地苦苦等候。然而，老头终究没有上岸。

第五夜

我做了这样的梦。

好像是很久很久以前，大概接近神话时代吧，我出征不幸败北，故遭到生擒，被拖到敌方的将军面前。

当时的人都生得高大。而且，大家都留着一把长胡子，腰系皮带，挂着棒状长剑。使用的弓好像是直接利用粗藤制成，既没有涂漆也没有打磨，非常素朴。

敌方将军右手握着弓的中央，把弓往草上一插，坐在看似倒扣的酒瓮上。我一看那张脸，只见鼻子上方，两条粗眉相连。当时自然没有剃刀这种东西。

我是俘虏，不可能有椅子可坐，因此我在草地上盘腿而坐。脚上穿着大草鞋，这个时代的草鞋很长，立起来时直达膝盖。边缘还剩一些稻草没编进去，像流苏一样垂落，一走路就碎碎晃动，成了装饰。

将军借着篝火注视我的脸，问我要死还是要活。这是当时的习惯，基本上都会问俘虏这句话。如果回答要活就表示投降，如果说要死就代表不屈服。我当下回答要死。将军把插在草地上的弓抛向对面，猛然抽出挂在腰上的长剑，这时篝火在风势影响下打横扫来。我的右手张开如枫叶，将掌心对着将军，高举到眼睛上方。意思是等一下。将军又把长剑收回刀鞘。

当时我正在恋爱，我说想在临死之前再看一眼我钟情的女子。将军说那就姑且等到天亮鸡啼为止。我必须在鸡啼之前把女人叫来这里。如果鸡啼时女人还没来，那我就无法见到她最后一面。

将军依旧坐着眺望篝火。我把大草鞋交叠，坐在草地上等女人。夜色渐深。

不时响起篝火崩塌的声音。每次崩塌，便有火舌狼狈地倒向将军。乌黑的双眉下，将军的眼睛炯炯发光。这时就会有人过来，把大量的树枝扔进火堆中。过了一会，火焰又开始噼里啪啦作响。那是几可驱赶黑暗的勇武之声。

此时，女人牵出系在屋后橡树上的白马。抚摸马鬃三次后，她翩然跳上高高的马背。那是没有披挂马鞍也没有马镫的裸马。女人修长的玉腿朝马肚一踢，马立刻向前飞奔。有人替篝火添加了木柴，因此远方的天空看似微亮。马就朝着那明亮的火光奔驰在黑夜中，鼻子喷出两条火柱般的呼气飞快奔驰。但女人纤细的双腿还是不停地踢马肚催促，马蹄声飞也似的响彻天际，女人的秀发如旗帜在黑暗中飘扬，但她还没抵达篝火所在之处。

这时漆黑的路旁，忽然响起咕咕咕的鸡叫声。女人身子向后仰，双手握着的缰绳猛然一紧。马的前蹄倏然陷入坚硬的岩石。

鸡又叫了一声咕咕咕。

女人失声惊呼，放松了本拉紧的缰绳。马当下跪倒，与骑马的人一同向前扑去。岩石下方就是深渊。

马蹄印至今留在岩石上。模仿鸡鸣的是天探女[①]。只要这印有马蹄的岩石还在，天探女就永远是我的敌人。

---

① 天探女，即天邪鬼，是日本神话中的恶神。擅长模仿，喜欢刺探他人的心事。

第六夜

据说运庆正在护国寺的山门雕刻金刚力士，所以我散步过去一探究竟，没想到已有许多人比我先一步抵达，正在七嘴八舌地大发议论。

山门前的九十米外，有棵巨大的赤松，树干倾斜遮住山门的屋瓦，伸至遥远的蓝天。松树的苍翠与朱漆大门相互衬映格外好看，而且松树的位置生得好。它斜着切过山门左端不至于碍眼，而且越上方的枝叶伸展得越宽阔，甚至超出屋顶，看起来颇有古风。令人联想到镰仓时代。

但围观者全都和我一样，是明治时代的人。其中尤以车夫最多，肯定是在路口等着载客很无聊所以才站在这里。

“好大啊。”有人说。

“想必比雕刻人像更费工夫吧。”也有人说。

我心想是这样吗？这时有个男人说：“咦，是金刚力士啊。这年头还有人雕刻金刚力士啊。这样啊。我还以为金刚力士都是老古董。”

“好像很厉害喔。毕竟那可是金刚力士。自古以来论及何者最强，再没有比金刚力士更强的。据说比日本武尊[①]还厉害喔。”也有男人这样搭话。此人把衣服撩起塞进腰带，也没戴帽。看起来似乎没受过什么教育。

运庆不理会看热闹的人们如何议论，径自挥舞凿子与槌子，始终没回头。他站在高处，正在专心雕刻金刚力士的脸部。

运庆头上戴着类似乌纱帽的小帽，身上穿的不知是素袍[②]还是什么，宽大的袖子扎在背后。那个样子看起来就很古老，和叽叽喳喳看热闹的人群似乎完全不搭调。我很好奇运庆何以能够活到这个时代。想想总觉得很不可思议，一边还是继续站着看。

但运庆自己似乎压根不觉得奇怪或不可思议，还在拼命雕刻。一个年轻男人仰望他这种态度，朝我扭过头：

“不愧是运庆，眼里完全没有我们。态度俨然是‘天下英雄唯金刚力士与我’。了不起。”他如此赞赏。

我认为这番话很有意思。于是朝年轻男人看了一眼，年轻男人立刻又说：

---

① 日本武尊，《古事记》《日本书纪》中的英雄。景行天皇的皇子。
② 素袍，室町时代的武士便服，到了江户时代变成礼服。

“你看那凿子与槌子的使用方式，已臻随心所欲的自在妙境。”

运庆这时正在雕刻一道一寸高的浓眉，凿齿忽直忽斜，从上方敲落槌子。削去坚硬的木头后，厚厚的木屑随着槌子敲击声飞溅，鼻翼怒张的鼻子侧面顿时已宛然浮现。他的下刀方式自由奔放，而且似乎没有丝毫迟疑。

“亏他那样率性地运用凿子，居然能够雕刻出想要的眉毛与鼻子。”我非常折服不禁如此自言自语。结果刚才那个年轻男人听了：

“哪里，那根本不是用凿子刻出眉毛与鼻子。是眉毛与鼻子本就埋在木头中，被他用凿子与槌子的力量挖掘出来罢了。就像从土中挖出石头，所以当然不可能出错。”

这时我才第一次感到雕刻原来是这么回事啊。若真是如此那么任谁都可以做得到。于是我忽然也想雕刻金刚力士了，我无心再看热闹，当下匆匆返家。

我从工具箱取出凿子与槌子，到后院一看，之前有棵橡树被暴风雨吹倒，因此我请木匠把树切成许多大小适中的木块，堆在一起准备当柴火。

我挑了一块最大的木头，立刻兴冲冲动手雕刻。不幸的是，我找不到金刚力士。第二块还是不走运地没有挖到。

第三块也没有金刚力士。我把堆积的木柴逐一拿来雕刻，但没有一块藏着金刚力士。最后我醒悟明治的木头终究不可能埋藏金刚力士。于是这才大致明白运庆能够活到今日的理由。

第七夜

我正在一艘大船上。

这艘船日日夜夜时时刻刻喷出黑烟破浪前进，声音震耳欲聋却不知船要驶往何处。只见海浪底下升起一抹如烧红火筷似的太阳。才刚看它升到高高的帆桅上方悬挂片刻，不知几时已越过大船，先行一步。而且，最后又像烧红的火筷倏地沉落海浪底下。每次蔚蓝的海面都在遥远的彼方被染成暗红色翻滚沸腾，这时大船会发出巨响循着那轨迹追去。但大船永远追不上太阳。

有一次，我抓着船上的男人问：

“这艘船要去西方吗？”

船上的男人面露讶异，看了我半晌，最后反问：

“为何这么问？”

“因为船好像在追逐落日。”

男人呵呵笑。然后掉头离去。

“往西的太阳，尽头是东吗？那是真的吗？日出在东方，故里在西方吗？那也是真的吗？身在海上，以船为家。随波漂啊漂。”他唱道。我走到船头一看，大批水手挤在一起，正在拉扯粗大的缆绳。

我开始惶惑不安。不知几时才能上岸，也不知要去何处。唯一确定的是大船喷出黑烟破浪前行。那浪涛非常辽阔，看似蔚蓝无垠，也有时变成紫色，唯有大船周围始终喷吐雪白的泡沫。我非常惶惑不安，我觉得与其待在这种船上不如纵身海中一死了之。

船上有很多乘客，多半看似是外国人，但脸孔各不相同。天气恶化使得大船摇晃时，一名女子凭栏而立，嘤嘤哭泣。她拭泪的手帕看似白色，但身上穿着印花洋装。看到这个女人时，我察觉悲伤的不只是自己。

某晚我来到甲板上，正在独自看星星时，一名外国人走来，问我懂不懂天文学。我已经无聊得想寻死了，压根没必要懂什么天文学。我缄默不语。于是那个外国人告诉我位于金牛宫顶端的北斗七星的故事，并且说星星与大海都是神的产物。最后他问我是否信仰神。我看着天空默默无语。

有一次我走进船上的交谊厅，只见衣着华丽的年轻女子背对我，正在弹钢琴。她的身旁站着一名高大伟岸的男人引吭高歌，他的嘴巴看起来非常大。但二人似乎对他俩以外的事都漠不关心，甚至好像忘了自己还身在船上。

我越发无聊，终于决心寻死。于是某晚，趁着夜深人静四下无人，我心一横跳入海中。但是就在我的脚离开甲板，与大船彻底分开的那一刹那，我忽然不想死了。我真心后悔自己为何要做傻事。然而，已经太迟了。不管我愿不愿意都必须坠入海中。但这艘船的船身似乎非常高，我的身体虽已离船，脚却迟迟没碰到水。但也没东西可让我抓，所以我还是逐渐接近水面。就算我缩起双腿还是逐渐接近。只见水色漆黑。

之后大船照例喷出黑烟，从我身旁扬长而去。我这才醒悟，纵然不知船要开往何处，还是该待在船上才对，而那种醒悟无济于事，我只能抱着无限的后悔与恐惧静静坠落漆黑的海浪中。

第八夜

一跨进理发店的大门，就有三四个穿白大褂的人挤在一起齐声对我说欢迎光临。

我站在中央四下一望，这是四方形的房间。两面有窗，另外两面悬挂镜子。细数之下镜子共有六面。

我来到其中一面镜子前坐下。屁股沉陷后又弹起，可见这椅子坐起来有多么舒适柔软。镜子清晰映出我的脸孔，在我的脸孔后方可以看见窗子，斜后方还有柜台的镂空屏风，但屏风后面空无一人。窗外来往行人的上半身清晰可见。

我看见庄太郎带着女人经过。庄太郎不知几时买了巴拿马草帽戴在头上，身旁的女人也不知是他几时弄上手的。我有点不明白。双方似乎都很得意。我正打算把女人的脸孔看清楚一点，他们已经走过去了。

卖豆腐的吹着喇叭经过。他把喇叭抵在嘴上，脸颊像被蜜蜂螫了似地鼓起来。他就那样鼓着脸走过，令我耿耿于怀。总觉得他好像一辈子都在被蜜蜂螫。

艺伎出来了，她还没化妆。松垮垮的岛田髻，感觉脑袋还没上紧发条。脸上也满是睡意，气色糟得令人同情。她就那样行礼如仪，客套着说："您好，还过得去"，但她的说话对象始终没有现身镜中。

这时穿白大褂的高大男人走到我身后，拿着剪刀与梳子开始打量我的脑袋。我捻着稀疏的胡子，问他觉得如何，可以弄得像样一点吗？白衣男人不发一语，拿手里的琥珀色梳子轻敲我的脑袋。

"来吧，还有头发也是，如何，可以弄得像样一点吗？"我问白衣男人。男人还是不发一语，开始耍得剪刀喀喀响。

我睁大双眼打算将镜中模样看得一清二楚，但是每次剪刀一响就有黑色的发屑乱飞，我有点害怕，最后只好闭上眼。这时白衣男人说：

"您看到门口卖金鱼的了吗？"

我说我没看到。白衣男人就此噤口不语频频挥舞剪刀。这时忽然有人大声喊危险。我吃惊地睁眼，在白衣男人的袖子底下看见自行车的车轮，看到人力车的握把。随即，白衣男人双手按住我的头猛然向旁一扭。自行车与人力车都完全看不见了。唯有剪刀喀喀响。

之后，白衣男人绕到我的身侧，开始剪耳朵的地方。头发不再向前飞，所以我安心睁开眼。“卖小米麻薯呀，卖麻薯呀，麻薯呀”的声音就在附近。小贩故意把小磨杵放在磨臼中，有节奏地捣麻薯。我只有在儿时见过别人卖麻薯，所以很想看一下是什么样子。但卖麻薯的始终不曾在镜中出现，只闻捣麻薯声阵阵传来。

我极力试图窥视镜子的角落。这才发现柜台的屏风内不知几时已端坐一名女子。那是肤色微黑、身材高大的浓眉女子，头发绑成银杏髻，穿着黑色缎面假领的单袍，她屈起单膝坐着正在数钞票。钞票好像是十圆钞票。女人垂下长睫毛抿紧薄唇正在拼命数钞票，她数钞票的动作非常迅速，而且钞票似乎永远数不完。放在膝上的钞票顶多只有一百张，但那一百张不管数了多久还是有一百张。

我茫然凝视这个女人的脸孔与十圆钞票。这时白衣男人在我耳边大声说：“我们去洗头吧。”这正是好机会，所以我从椅子一站起，立刻转身看向柜台。但屏风内没有女人也看不见任何钞票。

我付了钱走出理发店，门口的左侧，排放着五个小桶。桶内装有许多红金鱼、斑点金鱼、瘦金鱼与胖金鱼。卖金鱼的小贩就站在桶子后面。小贩凝视放在自己面前的金鱼，手托着腮一动也不动，对于喧闹的来往行人几乎没放在心上。我站了一会打量这个卖金鱼的小贩，但在我打量他的期间，小贩始终纹风不动。

第九夜

世间似乎开始动荡不安。看来战争随时会爆发。仿佛有一匹逃出火场的裸马，不分昼夜绕着屋子撒野狂奔，步兵们也不分昼夜争先恐后跟在后面追赶。可是家中一片死寂。

家里有年轻的母亲和三岁的孩子。父亲不知去向。父亲离家，是在一个没有月亮的深夜。他坐在地板上穿草鞋，披上黑头巾，自后门口离去。当时母亲拿的灯笼在黑暗的夜色中射出一条细长光线，照亮树篱前的老桧树。

父亲就此一去不回。母亲每天问三岁的孩子："爸爸呢？"孩子不发一语。过了一阵子，孩子学会回答："那边。"母亲问："爸爸什么时候回来？"孩子还笑着回答："那边。"这时母亲也笑了，然后反复教孩子说"爸爸马上就回来"这句话。但孩子只记住"马上"。有时母亲问孩子"爸爸在哪里"，孩子也会回答："马上"。

入夜后，当四下万籁俱寂，母亲会重新绑好腰带，把鲨鱼皮刀鞘的短刀插在腰间，用细带将孩子绑在背上，悄悄溜出去。母亲总是穿草鞋。有时孩子听着这草鞋声就在母亲的背上睡着了。

沿着土墙蜿蜒的住宅区往西走下去，走到徐缓的坡道尽头后，有棵巨大的银杏树。以这棵银杏为目标向右转，一百米之外有石制鸟居。走在一边是田地一边是竹林的小径来到鸟居，穿过鸟居后，眼前是黑压压的杉树林。之后沿着石板走了三四十米左右，就来到古老正殿的阶梯下。已褪成鼠灰色的功德箱上方，垂挂着系铃铛的粗绳，白天看时，那个铃铛旁边还有八幡宫的匾额。“八”这个字，写得像是两只鸽子面对面，很有趣。此外也有各种匾额，多半是奉献藩内武士竞技射中的金靶，附带题上射中者的姓名。偶尔也有人奉献的是长刀。

钻过鸟居，杉树梢头有猫头鹰的叫声不绝于耳，还有粗制草鞋的声音啪啪响。脚步声在正殿前停止后，母亲先摇响铃铛，紧接着蹲身拍手。通常这时猫头鹰会忽然销声匿迹。然后母亲一心不乱祈求神明保佑丈夫平安无事。依母亲的想法，她认定丈夫既然是武士，那么只要来供奉弓矢之神的八幡宫这样虔诚祈祷，想必神明没有不听的道理。

孩子经常被这铃铛声吵醒，四下一望一片漆黑，于是突然在背上放声大哭。这时母亲会一边念念有词地祈祷，一边摇晃身子安抚孩子。有时孩子会乖乖停止哭泣，也有时孩子会哭得更厉害。总之不管怎样，母亲都不肯轻易起身。

替丈夫祈求平安后，她会解开细带，像要扯下背上的孩子似的，把孩子从背后移到胸前，再双手抱着孩子走上正殿，“宝宝乖，稍微等一下喔。”她会拿自己的脸颊摩挲孩子的小脸。然后把细带展开，一端绑在孩子身上，另一端缠绕在正殿的栏杆上。接着她会走下阶梯沿着那三四十米的石板路往返一百次许愿。

黑暗中，被绑在正殿的孩子，在细带长度所及的范围内，趴在檐廊上爬来爬去。这种时候对母亲而言，是非常轻松的夜晚。但是绑着的孩子如果嚎啕大哭，母亲会心神不宁，来回走一百次许愿的速度会变得非常快，弄得自己气喘吁吁。实在没办法时，只好中途走上正殿，百般哄劝孩子，然后重新往返一百次石板路。

令母亲如此这般在无数个夜晚忧心如焚、夜成不眠的父亲，其实早已因流浪武士的身份被杀。

这么悲惨的故事，我是在梦中听母亲叙述的。

第十夜

阿健来通知，庄太郎被女人拐走直到第七天晚上才忽然归来，之后突然发烧病倒，卧床不起。

庄太郎是本地首屈一指的美男子，而且非常善良正直。他只有一个嗜好，就是戴着巴拿马草帽，每逢傍晚就坐在水果店的门口，打量街上来往女人的脸孔，然后频频感叹。除此之外没有特别值得一提的特色。

如果没什么女人经过时，他就不看行人改看水果。水果有很多种，水蜜桃、苹果、枇杷、香蕉全都漂亮地装在篮子里，排成两排随时可以拎走送人。庄太郎会看着这些篮子赞叹真漂亮。他说如果要做生意还是卖水果最好，可自己却戴着巴拿马草帽成天游手好闲。

他也曾品评夏橘，说这个颜色生得真好。但是，他从不曾掏钱买水果。他当然不会白吃水果，他纯粹只是在欣赏颜色。

某个傍晚，忽有一名女子站在店门口。女子衣着华丽看似身份高贵。庄太郎非常喜欢她那件衣服的色彩，而且庄太郎对女人的脸孔惊艳不已。于是他脱下心爱的巴拿马草帽郑重行礼致意，女人指着最大一篮水果说要买下，庄太郎立刻拿起那篮水果递给她。女人稍微提了一下篮子，抱怨篮子太重了。

庄太郎本就是个闲人，而且是个非常豪爽的男人，于是他说那我替您拎到府上吧。他和女人相偕走出水果店后，就此一去不回。

即便是向来逍遥的庄太郎，也未免去太久了。亲戚朋友开始议论纷纷，说这事非同小可，不料就在第七天晚上，他忽然回来了。于是大家簇拥到他身边，问他到底去哪里了，庄太郎说他搭乘电车去山里了。

那肯定是一趟漫长的电车之旅。按照庄太郎的说法，下了电车就立刻来到草原。是非常辽阔的草原，放眼望去只有绿草连天。和女人一起走在草地上，忽然来到峭壁的边缘，这时女人叫庄太郎从那里跳下去。他探头朝底下一看，只见峭壁耸立却深不见底。庄太郎脱下巴拿马草帽再三推辞。于是女人问，如果你不肯心一横跳下去，那你宁可被猪舔吗？庄太郎生平最讨厌猪和云右卫门[①]，但是个人好恶终究比不上性命重要，他还是不肯跳。这时一头猪哼哼唧唧地跑来。庄太郎无奈之下，只好拿起手里那支槟榔树枝做的细拐杖敲打猪的鼻头。猪惨叫一声，翻身向后一滚，掉落峭壁之下。庄太郎才刚松口气，立刻又有一头猪拿大鼻子磨蹭庄太郎。庄太郎不得不再次挥舞拐杖，猪惨叫一声同样倒栽葱掉落断崖底下。接着又有一头出现。这时庄太郎蓦然惊觉不对劲，朝远方一看，只见遥远的青青草原尽头，多得数不清的猪成群结队朝着站在这峭壁上的庄太郎哼哼唧唧。庄太郎心里感到恐惧。但是别无他法，只好拿槟榔拐杖逐一敲打接近自己的猪的鼻头。不可思议的是，只要拐杖碰到猪鼻子，猪就会翻身掉落谷底。探头一看，四脚朝天的猪排队掉落深不见底的峭壁。想到自己把这么多头猪打落谷底，庄太郎自己都感到害怕。但猪还是前仆后继不断涌来，就像乌云长了脚，以踏平青草的气势没完没了地跑过来哼哼叫。

庄太郎挤出吃奶的力气拼命奋战，敲打猪鼻七天六夜。然而，最后终于精疲力竭，手已经像蒟蒻一样软绵绵，最后

---

① 桃中轩云右卫门（1873–1916），明治时代以三弦琴伴奏说唱故事的知名浪曲师。

还是被猪舔到了。他就这样倒在峭壁上。

阿健叙述庄太郎的故事到此结束，最后他感慨地说所以最好不要乱看女人。我也认为很有道理。但阿健曾说想要庄太郎的巴拿马草帽。

庄太郎没救了，巴拿马草帽想必会归阿健所有。

图书在版编目（CIP）数据

草枕 / (日) 夏目漱石著 ; 刘子倩译. -- 南京: 江苏凤凰文艺出版社, 2017.7（2023.8重印）
ISBN 978-7-5594-0777-1

Ⅰ. ①草… Ⅱ. ①夏… ②刘… Ⅲ. ①短篇小说－日本－现代 Ⅳ. ①I313.45

中国版本图书馆CIP数据核字（2017）第138191号

书　　名	草　枕
作　　者	(日) 夏目漱石
译　　者	刘子倩
责任编辑	邹晓燕　黄孝阳
出版发行	江苏凤凰文艺出版社
	南京市中央路 165 号，邮编：210009
网　　址	http://www.jswenyi.com
印　　刷	三河市宏图印务有限公司
开　　本	880 毫米 ×1230 毫米　1/32
印　　张	7
字　　数	120 千字
版　　次	2017 年 8 月第 1 版
印　　次	2023 年 8 月第 18 次印刷
书　　号	ISBN 978-7-5594-0777-1
定　　价	36.00 元